KB079020

American Dream
무작정 GO! 마이웨이

아무런 계획도 없이 낯선 땅 미국이라는 곳에 도착해
무엇을 어떻게 해야 할지 막막했다.
언어도, 관습도, 생긴 것도, 사는 것도,
모든 것이 생소한 남의 나라.

내가 살아남을 수 있었던 건 엄마라는 이름의 무게감,
그리고 사면이 막혔을 때 위를 보면 하늘만은 열려있어 숨은 쉴 수 있다
는 신념이었다. 그 신념 아래 모든 고통과 괴로움을 참으며 걸어올 수 있
었던 이 길들...
지금 되돌아보면 다시 갈 수도 없고 다시 걸어올 수도 없는 이 험한 길.

하지만 나를 사랑하는 가족과 하나님의 은총이
있었기에 가능했던 나의 성공한 삶의 이야기를 이 한 권의 책 속에 담는다.

나보다 더 어렵고 힘든 역경에 처한 모든 이들에게
희망과 용기를 주기 위해,
그리고 영화 〈빠삐용〉에서의 가장 유명한 대사 '네가 지은 가장 큰 죄는
인생을 낭비한 죄'라는 말을 가슴속 깊이 새기며 매 순간 한 치의 낭비
없이 알뜰하게 살아가가야 할 모든 이들을 위해 이 책을 쓰게 되었다.
절망은 희망으로. 위기는 기회로...

지은이 **제이 리**

Contents

American Dream
무작정 GO! 마이웨이

American Dream

무작정 GO! 마이웨이

→ **눈 덮인 뉴욕**

뉴욕의 첫날밤 | 나의 첫 출근 | 목구멍이 포도청

뉴욕의 첫날밤

1995년 12월 5일. 검은 무스탕 코트를 걸치고 나는 뉴욕 케네디 공항에 도착했다. 도대체 무엇부터 해야 할지 모르겠다. 짐 찾는 곳에 도착해 짐을 찾고서야 내 짐이 그토록 무겁다는 걸 깨달았다. 기내에서 내내 죽도록 기를 쓰며 바라고 또 애타도록 기도 했다. 그 무언가를.

언젠가 뉴욕에 한번 다니러 왔다가 사귀어두었던 친구 하나가 있었다. 그녀의 이름은 강세정. 짤막한 커트 머리에 커다란 눈, 드문드문 섞어 쓰는 경상도 사투리가 그녀의 매력이라고나 할까. 문득 처음 만난 그때 세정이의 모습을 떠올리며 짐 가방을 막 들어 올리려는데 "야야. 니 왔나?" 하는 구수하고 정다운 목소리가 들렸다. 한참 만에 듣는 목소린데도 전혀 낯설지가 않았다. 그녀의 얼굴을 보는 순간 와락 눈물이 쏟아졌다. 그 얼마나 가슴 졸이며 그녀가 나와 주기를 기다렸던가! 서울을 떠나는 순간 나는 내내 불안해했다. 만일에 그녀가 나를 마중 나오지 않는다면 나는 갈 곳도 머물 곳도 없었다. 크나큰 이국땅에 처참히 혼자 덩그러니 놓일 나를 생각하니 너무나 무섭고 암담했다. 나는 영어조차 할 수 없는데, 내가 처한 상황을 설명할 수도 없을 테니 어찌하나. 그래. 하늘에 맡기자. 누군가 그랬던가. 하늘이 한 곳의 문을 막으면 다른 한 곳의 문을 연다고. 제발...

내 나라 내 땅을 등지고 18시간 남짓 날아온 미국이라는 나라! 살아보지도 않았고 말도 통하지 않는 이 나라. 여기에서 나는 어떻게 살아야하나. 무엇부터 시작해야하나. 정말 암담했다.

"세정아. 나와 주었구나. 정말 고맙다. 고마워. 난 네가 안 나오면 어쩌나 정말 많이 고민했단다."

"기집애. 뭘라고 군 걱정하나? 내가 이래 봬도 의리 하나는 죽인데이. 인간 강세정이 나, 간데이 하면 가는기고 나 죽는데이 하면 죽는기다. 내가 니를 친구한 건 인정 많고 의리가 있는 것 같아서. 몇 번 안 만나보고도 척 친구 안됐나. 가자. 춥데이. 뉴욕 바람이 엄청 쌀쌀테이. 짐은 몇 개고? 세 개? 네 개? 아이구. 무시라. 이리 많노? 다 망해먹고 끼니도 없다카더니 웬 짐은 이리 많노? 가제이."

세정이와 같이 나온 세정이 남자친구 차에 올랐다. 짐을 억지로 질질 끌다시피 하여 차에 앉아 세정이 세 들어 사는 엘머스트가에 이르렀다. 어둑어둑 밤은 점점 깊어 가는데 의식은 왜 이리도 말똥말똥 총명해지기만 하는지. 여학교 시절, 공부 좀 하려고 하면 눈이 감기고 책 한 줄을 읽을라치면 잠이 쏟아지고. 빨간 성냥 알이 묻은 성냥개비로 눈 위 꺼풀과 아래 꺼풀을 간신히 벌려서 버티게 해놓고 잠을 참노라면 성냥개비는 마치 새총을 쏘는 듯 튕겨져 나가 버렸다. 그렇게 영락없이 깊은 잠에 빠졌다가 다음날 눈을 떠 책 한 줄도 제대로 보지 못한 채 모의고사를 치르며 '참을 걸. 자지 말 걸. 어느 것이 답일까요. 에라. 찍어보자.' 하고 사지선다형의 문답에 점을 찍어야했던 내 모습이 언뜻 스쳤다. 피식 웃음이 나왔다. 만일 내가 그때 지금처럼 잠이 없었다면 지금 나는 과연 무엇이 되어있을까? 의사, 변호사, 아니 교수 뭐 그쯤 되었으려나. 공부를 많이 했을 테니까.

"뭘 그리 생각하나?"

생각에 잠긴 내게 세정이 한마디 던진다.

"으응. 잠깐 여고시절 생각이 나서. 그때는 왜 그리 잠이 많았는지. 지금은 이 늦은 시간에도 이렇게 의식이 또렷한데 말이야."

"야야. 니도 얼른 뉴욕 시간에 적응해야 한데이. 안 그라믄 니 신세 조져분데이. 내가 처음 뉴욕에 왔을 때 낮엔 잠만 퍼자고 저녁엔 라면 끓여먹고 24시간 하는 슈퍼마켓에 들락날락 괜히 할 짓 없이 날만 안 샜나. 다 부질없데이. 덕분에 일자리가 나와도 졸음이 와서 일도 할 수 없어 억수로 좋은 직장을 놓쳐불었잖나. 내 꼴 나지 마래이. 뉴욕이라 카는데는 눈 감으면 코를 싹 베어가는 데라카이. 니 눈 똑똑히 뜨고 다녀야한데이. 내 말 명심하거래이."

나를 겁주는 세정이다. 나는 나 자신을 의심해본다. 왜 그녀가 안 나오면 어쩌나 하고 걱정을 했을까? 이리도 다정히 맞아주는 세정이가 정말 고맙다. 오래 알고 지낸 친구도 아닌데 지금 이 순간은 우리가 아주 오랜 친구 같은 느낌이 들었다.

●● 눈 덮인 뉴욕

집에 도착하니 웬 계단은 이리도 많은지. 짐을 하나 간신히 들어올려다 놓고 내려오는 세정의 남자친구는 나더러 꼼짝 말고 짐만 지키고 있으란다. 그리고 세정이와 함께 큰 가방을 끙끙거리며 옮겨다 놓고는 다시 내려온다.

"나도 같이 나를게. 너무 무겁잖아."

"아니데이. 니는 그마 거기 있거래이. 까딱하단 짐 다 잃어버린데이. 내가 뭐라켔나? 뉴욕, 뉴욕이라 안 켔나? 정신 똑바로 채리거래이. 더군다나 내가 사는 이 동네는 마 깜둥이 천지데이. 금방 막 빨아 말려놓은 운동화, 침대 시트가 눈 깜짝할 사이에 없어져 버린다 이 말이지. 알겠나, 니?"

"그래. 그래. 알았어. 고만해. 누굴 촌년 취급하네. 나도 뉴욕에 와봤잖아. 나도 조심해. 걱정 마."

간신히 짐들을 모두 올리고 다 낡은 난간에 몸을 기대 3층 꼭대기까지 기어오르다시피 찬찬히 발을 옮겼다. 왜 이리도 컴컴한지. '전구 다마라도 하나 달아두면 누가 잡아먹나? 왜 이렇게 사나? 별당 아씨같이 못생겨서 누가 볼까 두려워 불을 못 켜고 사나?' 나는 중얼중얼 혼잣말을 지껄였다. 언제 그 말을 들었는지 세정이 남자친구가 한마디 한다. 이 집에 세 든 사람들은 새벽에 일찍 일을 나가야 하는데 세정만 매일 밤늦게 들어와 구두 소리를 또각또각 내며 당당히 걸어 올라오는 게 듣기 싫어서 몇 달 전부터 주인아줌마가 전구 다마를 빼놓았다나. 그래서 그가 전구를 다시 사다 끼워놓았더니 이번에는 주인아저씨가 아예 소켓을 찌그려놔서 전구조차 끼울 수가 없

6

게 되었단다. '아니, 이렇게 고약한 인심이 있나. 다 같은 처지에 있는 사람들끼리.. 아무리 나라와 말이 다르다 해도 사는 이치는 다 같을 텐데. 전기와 물은 기본이 아닌가...' 야박한 뉴욕 인심에 놀라고 말았다.

다 올라와 열쇠로 방문을 열었다. 정말 어찌할 수 없는 답답함이 가슴에 밀려왔다.

'어, 이게 뭐야? 방이야? 창고야?'

방안에는 반쪽짜리 창문 앞에 작은 카세트와 컵, 여기저기 흐트러진 매니큐어 병들과 양말짝들, 수건, 추리닝 바지들이 널브러져 있었고 혼자 간신히 몸을 구부리고 잘만 한 작은 침대 위에는 무슨 짓들을 했는지 제멋대로 헝클어진 침대 시트와 베개, 작은 수건들과 티슈 박스가 군데군데 흩어져 있었다.

"들어와. 뉴욕은 다 이래."

하면서 주섬주섬 물건들을 한쪽으로 밀어놓으며 앉기를 청한다. '그래. 여기면 어때. 안 데리러 나온 것보다야 백번 낫지. 아무렴 그렇지. 그렇고말고.' 그렇게 나를 위로하고 있을 때 세정이가 남자친구를 향해 자고 가라고 붙잡는 소릴 들었다.

"뭐라꼬? 인자 간다고? 너무 늦었데이. 자고 가래이. 위험하데이. 그냥 나랑 꼭 끌어안고 몇 시간만 뒹굴면 금방 아침인데 뭘 그라나?"

걱정이 앞섰다. '어쩌나. 이 좁은 방에 외간 남자까지. 더구나 침대도 하나. 그나마 나는 방바닥에서 자야 할 텐데. 유난히 잠버릇이 나쁜 난데 이것저것 걷어차기라도 하면 어쩌나.' 자고 가라고 붙잡는 세정의 말을 무시하듯 그는 내일 보자고 하고는 어두운 계단 아래로 조용히 사라져갔다. 십 년은 감수했다. 만약 그가 여기서 자고 간다고 했더라면 어쩔뻔했나. 상상도 하기 싫다.

그때 벽에 걸린 뻐꾸기가 12시를 알렸다. 뻐꾹뻐꾹.

"이 뻐꾸기는 잠도 없나. 자정이 되어도 이렇게 우렁차게 우나."

건전지를 갈아 끼운 지 2시간도 안 돼서 그런지 뻐꾸기 소리가 우렁차다며 세정이가 중얼거렸다. 그도 그럴 것이 세정의 방을 건너 약 열 발자국만 가면 주인집 방이 있다. 이 건물은 개인주택인지 아파트인지 아니면 빌라인지 도무지 감을 잡을 수가 없었다. 도로 옆에 위치한 이 집은 대문인지 현관문인지를 열고 들어오면 왼쪽에 문이 하나, 여기에 누군가 사는 듯하고 또 계단을 따라 한층 더 오르면 문이 하나 또 나타난다. 이 문은 이 집의 주인아줌마가 산다는 곳이다. 그리고 그 문을 지나 열 발자국쯤 걸으면 계단 막다른 쪽에 작은 창고 같은 문이 나오는데 이곳이 세정이 사는 방이다. 월세를 350불씩이나 지불해야 한단다. 처음에는 그곳을 창고로 썼는데 주인아저씨가 택시 운전수로 일하다 밤에 강도를 만나 돈을 다 빼앗기고 목에, 다리에 칼을 맞아 제대로 몸을 추스르지도 못한 채로 집에서 놀아야 하는 신세라 창고로 쓰던 곳을 페인트칠만 다시 해서 세정이에게 월세로 주어 생활비에 보태어 쓴단다. 그러니 정식으로 만들어진 방은 아닌 셈이다. 그러므로 더이상 투정을 할 수도 없었다.

　그러나 문제의 심각성은 지금부터이다. 짐가방들을 쌓아 올려놓고는 세정이 잠옷 바지를 빌려 입었다. 수건을 둘둘 말아 머리맡에 놓아주는 세정에게 잘 자라는 인사를 한 뒤 잠자리에 누웠다. 오랜 비행에 지쳐 피곤이 몰려왔다. '지금 한국은 낮 3시쯤일까?' 뉴욕이 아침이면 한국은 저녁, 이곳은 밤 12시가 넘었으니 아마 미루어 짐작건대 낮 두세시가 됐을 것 같았다. 한국에 있을 때 가끔 낮잠을 잔 탓인지 아니면 시간차에 바로 적응을 한 탓인지 졸음이 밀려왔다. 나도 모르게 불안감이 안도감으로 바뀌고 초조함이 편안함으로 바뀌자 스르르 잠이 들었다. 아마 한 시간가량이나 잤을까? '아이 이걸 어쩌나.' 잠자기 전에 화장실이 어딘가를 알아두었어야 했는데. 큰 실수를 저질렀음을 그때야 깨달았다. 눈을 살그머니 뜨고 두리번두리번 사방을 살폈다. 일에 지치고 삶에 지쳤는지 아니면 남자친구와의 달콤한 사랑놀이에 지쳤는지, 오줌통이 터지려는 나는 아랑곳하지 않은 채 세정은 드르렁 드르렁 코를 골면서 자고 있었다. 나는 더이상 참을 수도 지체할 수도 없다. 참는 것이 극도에 달한 것 같았다. 주먹으로 배를 치고 쥐고 두드리고 갖은 수단과 방법을 다 써봤지만 허사였다. 공항에서 세정이가 안 오면 어쩌나, 아니면 나왔어도 내 얼굴을 잊었으면 어쩌나, 몇 달 전에 본 내 모습과 지금의 내 모습이 머리를 자르는 바람에 많이 달라 보일 수도 있다는 걱정과 두려움에 정말 세정이를 만날 때까지 그 자리에서 꼼짝도 할 수 없었다. 그리고 세정이를 만났을 땐 기쁨과 들뜸에 소변이 약간 마려운 것쯤은 신경도 안 쓰였다. 그러나 지금은 상황이 다르다. 곤히 자는 세정을 깨울 수도 없고! 그나마도 다행인지 불행인지 집이 도로 옆에 위치한 탓에 가로등 불빛이 방안을 비추어 방안에 무엇이 있는지 대충 찾을 수가 있었다. 찾았다! 드디어 고민을 해결할 수 있는 해결책을 찾았다. 어릴 적 동네 친구 녀석 하나가 땅만 보고 걷다가 10원짜리 구겨진 종이 지폐를 발견하면 남들에게 뺏길까 발을 가만히 움직여 돈을 아무도 보지 않는 담 구석으로 몰고는 소변을 보는 시늉을 하면 그 지폐를 집어 들 수 있다는 말이 생각났다. 지금 나의 상황은 지폐를 줍는 상황도, 지폐를 담 구석으로 몰아야 하는 상황도 아니다. 하지만 그 친구가 10 원짜리 지폐를 본 순간 어떻게든 그것을 집어야 한다는 집념으로 성공할 수 있던 것처럼 나 역시 비슷한 상황이다. 지금은... 방구석에 얌전히 놓인 휴지통을 발견했다. 너무 기뻤다. 마치 잃어버린 자식이라도 찾은 듯 흥분이 되었다. 그러나 문제는 그것이 세정이가 잠든 침대 구석에 꼭꼭 틀어박혀 있다는 것이다. 어떻게 곤히 잠든 세정이를 깨우지 않고 휴지통을 내 손에 넣을 수 있을까. 다시 고민하지 않을 수 없었다. 그래, 살살 발을 침대 밑으로 밀어 넣자. 그리고 휴지통을 걸음마 시켜 내 쪽으로 움직여 보는 거야. 그리 쉽지는 않았다. 우선 오줌보에 가득 찬 오줌을 잘 보관해야 한다는 것이 큰 문제이고 둘째는 어떻게 짧은 다리를 잘 움직여 휴지통을 걸음마 시키느냐였다. 드디어 게임은 시작되었고 결승점에 이르렀다. 침대 밑에 간신히 손을 디밀어 휴지통을 끌어냈다. 야, 이겼다. 이것이 이긴 자의 쾌감 같은 게 아닐까. 휴지통이 손에 잡히는 순간 휴지통을 눕혀 침대 밑에서 밖으로 끌어냈다. 해냈다! 자, 이젠 오줌통에 가득한 오줌만 쏟아내면 된다. 얼마나 오래 참고 참았는지 오줌줄기는 그칠 생각을 하지 않는다. '멈춰라, 멈춰라, 제발 멈춰라, 그

만, 제발, 그만...' 오줌줄기는 휴지통을 찰랑찰랑 끝까지 채운 후에
야 멈췄다. '됐다. 이젠 이걸 어떻게 한담?' 밖으로 내놓아야 했다.
잠버릇이 심한 내가 이 휴지통에 가득 찬 오줌을 제대로 간수할 리
만무하기 때문이다. 양손으로 찰랑찰랑 오줌이 가득 찬 작은 휴지통
을 잘 감싸 쥐고 살며시 방문을 열었다. 신발이 여기저기 흩어져있는
방문 앞에 가만히 휴지통을 내려놓았다. 그리고 다시 살며시 방문을
밀어 닫고는 방바닥에 누웠다. 왜 그리도 바닥은 찬지. 아마도 시멘
트 바닥에 그저 모노륨만 깔아놓았기 때문인 것 같았다. 찬 기운은
더욱 내 살갗을 파고들었다.

이제 급한 불도 껐는데 왜 잠은 오지 않는 걸까. 이리 뒤척 저리
뒤척, 이 생각 저 생각에 골똘해지기 시작했다. 갑자기 두고 온 아들
준이와 예쁜 딸 세리가 떠올랐다. 참을 수 없는 서러움에 그만 눈물
이 복받쳤다. 눈물은 둘둘 말아 베고 있는 수건으로 끝없이 흘렀다.
앞으로 어떻게 이 험한 세상을 헤쳐나가야 한단 말인가? 세정이도
휴지통을 찾는 모양이다. 더듬더듬 침대 주변을 더듬는다. 바닥도 더
듬는 것 같았다. 아마 세정이 딴에는 휴지통이 침대 밑으로 쓰러졌다
고 생각하는가 보다. 휴지통을 찾던 세정이가 벌떡 침대에서 일어났
다. 나는 마치 남의 귀한 물건을 도둑질한 것처럼 숨조차도 쉴 수 없
었다. 그녀는 포기한 듯 뻐꾸기시계를 쳐다보고는 다시 누웠다. 시계
는 5시 가까이에 와있는 것 같았다. 희미한 불빛이기에 정확히 알 순
없었지만. 이렇게 밤을 밝힌 나는 그제서야 슬슬 잠이 오기 시작했
다. 이것이 나의 뉴욕에서의 첫날밤이었다.

●●● 눈 덮인 뉴욕

얼마쯤이나 잤을까? 뻐꾸기가 시끄럽게 노래를 불렀다. 간신히 눈을 비비며 잠을 깼다. 이젠 무얼 해야 하나? 덩그러니 버려진 나. 나라는 존재. 이제 이 존재를 어디다 써야하나? 무엇을 하면서 살아야하나? 방 안 구석을 살펴보았다. 한글로 벼룩시장이라고 쓰인 신문지 같은 것이 눈에 띄었다. 미국에서 한국 신문이라니. 이게 웬일... 내가 읽을 수 있는 글자들이기에 무척 반가웠다. 앞면 뒷면 뒤적뒤적 들쳐보았다. 〈룸메이트 구함〉이라는 광고가 있었다. '후러싱 43가, 아파트 방 하나, 여자 룸메이트 구함. 전화번호 718-...' 전화를 걸려고 사방을 둘러보았지만 전화는 아무데도 없었다. 어디가 어딘지 알 수 없는 낯선 땅이라 밖으로 나갈 수도 전화를 걸 수도 없는 참담한 신세가 되고 말았다. 이젠 어쩌나. 곰곰이 생각해 보았다. '그래. 공중전화 카드를 쓰자.' 언젠가 뉴욕에 왔을 때 작은 편의점 같은 곳에서 전화 카드를 샀던 것이 생각났다. 가방을 뒤졌다. '어? 분명히 여기 끼워 넣었었는데 어디 갔을까?' 가방에 있는 모든 소지품을 한꺼번에 와락 방바닥에 쏟아부었다. 립스틱, 한국 동전 10원짜리, 100원짜리, 그리고 천 원짜리, 돌돌 말린 지폐, 귀걸이, 볼펜, 휴지, 껌, 이것저것 마구 뒤섞여 쏟아졌다. 그러나 정작 찾는 공중전화 카드는 없었다. 분명히 내가 다시 미국에 올 것을 생각하여 어딘가 잘 두었는데 도무지 생각이 나질 않았다. 생각을 더듬자. 어디다 두었지? 분명 잘 두었는데. 그래. 맞아. 수첩 속에 끼워두었지. 맞았다. 빨간 수첩! 그래. 맞아. 그 수첩! 예전에 뉴욕에 왔을 때 스턴 백화점이라는 곳에 쇼핑을 가 지갑을 샀는데 그때 공짜로 끼워져 온 빨간 수첩. 맞아. 그곳에 넣어 두었다. 그 수첩이라면 짐가방 속에 있었다.

가방 속에 있는 짐들을 차근차근 꺼냈다. 맨 밑바닥에 빨간 수첩이 눈에 띄었다. 찾았다! 얼른 수첩을 펼쳐 보았다. 역시 그곳에 있었다. 그 수첩 속에는 아리랑 콜택시, 유니온 콜택시 이렇게 한국 사람이 경영하는 무허가 택시회사 전화번호 두 개가 적혀있었다. 지난번 뉴욕에 왔을 때 한국으로 돌아가는 비행기를 타려면 케네디 공항까지 가야했는데 그때 세정이가 혹시 못 데려다줄지 모르니 한국 사람이 하는 콜택시를 타고 가라고 하면서 전화번호를 알려줬다. 그리고 그 밑에는 세정이가 일하는 네일 살롱의 전화번호도 적혀있었다. 내가 뉴욕에서 아는 전화번호, 아니 말이 통할 수 있는 전화번호가 있다니! 정말 기뻤다. 물에 빠진 사람이 지푸라기라도 잡는 심정이 어떤 것인지 조금은 짐작이 갔다. 카드는 있는데 그다음은 전화가 문제다. 어디서 전화를 찾는담. 생각 끝에 밖으로 나가기로 결정했다.

파자마 바지를 착착 개어 접어서 침대 위에 올려놓았다. 작은 메모지가 눈에 띄었다. '야야. 실컷 잤나? 눈 뜨면 벽장을 열어 보거래이. 그 안에 딸기잼 병이 하나 있고 식빵 몇 조각과 커피가 있을 거래이. 아침 대신 먹으래이. 미국은 다 이렇데이. 그게 아침이데이. 이따 보재이. 몸도 마음도 다 피곤할 테니 푹 쉬고 있거래이... 세정'이라고 쓰여있었다. 벽장이 어디 있나 두리번두리번 살펴보았다. 뻥 뚫린 동그란 구멍을 하나 발견했다. 손가락을 넣어보았다. 그리고 잡아당겼더니 정말 조그만 벽장인지 옷장인지 아니면 비밀창고인지 알 수 없는 작은 공간이 나타났다. 아마도 이전에 창고로 썼을 때 연장 같은 것을 넣어두는 곳으로 사용했던 것 같은 공간이었다. 그 안에는 세정의 브라, 팬티, 그리고 생리대, 휴지, 아세톤 등등이 놓여있었다.

13

그리고 세정의 말대로 딸기잼과 식빵 몇 조각이 남은 식빵 봉지가 둘둘 주리를 틀어 묶인 채로 놓여있었다. '그래. 이거라도 먹자. 돈도 여유가 없으니 밥을 사 먹을 수도 없고...' 식빵 봉지에 묶인 매듭을 풀었다. 다섯 조각이나 남았을까? 아니, 맨 바닥 것은 딱딱해서 먹을 수가 없을 것 같았다. 하지만 네 조각이 있으니 딸기잼을 한쪽에 바르고 다른 한쪽을 붙인다 치면 그래도 두 개의 완전한 딸기잼 샌드위치가 된다. 빵을 꺼냈다. 시큼한 냄새가 코를 찔렀다. 아마도 미국 식빵 냄새겠지. 그런데 이건 또 뭐람. 식빵 귀퉁이에 시퍼렇게 곰팡이가 피어있지 않은가. 다른 한쪽을 꺼냈다. 그것도 그랬다. 또 다른 한쪽, 또 다른 한쪽 모두 마찬가지였다. 오랫동안 공기가 통하지 않는 곳에서 잠자고 있었던 탓인지 빵 네 조각 모두가 곰팡이가 피어있었다. 그래도 두 쪽은 귀퉁이를 잘라내면 그나마 먹을 수는 있을 것 같았다. 아깝지만 용감하게 귀퉁이를 잘라냈다. 그리고 딸기잼 병을 열었다. 이건 또 뭐야? 젖 먹던 힘까지 동원해서 간신히 연 딸기잼도 같은 상황이었다. 맨 위에는 물이 질펀하니 고여있었고 병 주위와 뚜껑 가장자리에는 역시 곰팡이가 주둔하고 있었다. 과연 이걸 먹어야 하나 말아야 하나. 옛말이 하나도 그르지 않았다. 목구멍이 포도청이라지... 그래도 배에서 나는 꼬르륵 소리를 달랠 수 있는 음식이 내 앞에 있다는 게 다행이었다. '가만있자. 숟가락이나 포크나 뭐 그런 것 없나?' 벽장 속을 살펴보았다. 없었다. 상관없다. 영원한 만능 젓가락인 손가락이 있지 않은가? 젓가락이나 손가락이나 가락은 마찬가지인데 아마도 손가락을 가락이라고 붙인 것은 젓가락 대신 아니 젓가락이 없을 때는 젓가락의 젓자 대신 손가락의 손을 대신하

14

라고 있는 건가 보다. 아무렴 어떠랴. 모로 가도 서울만 가면 된다지 않았던가. 입으로 들어가는 건 마찬가진데. 곰팡이를 손가락으로 긁어냈다. 그리고 고인 물을 휴지 위에 쭉 따라 버렸다. 그나마 반쪽씩이라도 남은 식빵 조각 위에 딸기잼을 검지로 끌어내려 찍찍 발랐다. 드문드문 덩어리진 딸기가 뒤섞여 나왔다. 손가락 사이사이에 끼어 있는 딸기 씨와 잼을 쪽쪽 핥았다. 왜 그리도 맛이 있는지… 기내에서는 비행기 멀미 때문에 아무것도 먹을 수가 없었다. 그러나 잠에서 깨어나자마자, 아니 쪽지에 쓰인 식빵이라는 단어와 딸기잼이라는 단어를 보자마자 배고픔이 몰려왔다. 꾸역꾸역 목구멍에 밀어 넣었다. 다 썩은 식빵과 곰팡이 핀 딸기잼이 이리도 맛있는지는 정말 아무도 모를 것이다. 충분치는 않았지만 그런대로 요기는 한 것 같다. 목이 말랐다. 커피포트를 여니 커피를 끓이기엔 충분치 않지만 그래도 물이 조금 고여 있었다. '그래도 다행이다. 목을 축일 수는 있으니…' 한 모금 마셨다. 물에서는 커피포트 쇳내가 났다. 그래도 목이 막히는 괴로움보다는 나았다. 자, 이제 민생고는 해결이 되었다. 그 다음은 계획대로 공중전화를 찾는 일만 남았다. 슬슬 밖으로 나가볼까?

    짐가방을 뒤져 청바지를 찾아 갈아입으려는데 라면 봉지에 고무줄로 꽁꽁 묶어놓은 것이 눈에 띄었다. '이게 뭐지?' 살살 풀어보았다. 볶은 고추장이었다. 아마도 미국 음식이 니글거리면 먹으려고 넣어두었던 것인가 보다. 하지만 언제 넣어두었는지조차 기억이 나지 않았다. 아무튼 그건 중요하지 않았다. 고무줄을 살살 풀고 작은 플라스틱 뚜껑을 열었다. 마치 고향의 흙냄새처럼 정답게 느껴졌다. 가

운데 손가락을 푹 찔러 넣었다. 그리고는 쑤욱 꺼내어 입속에 넣고
단 꿀을 빨 듯 쭉쭉 빨았다. '아, 이 맛! 그래. 이 맛이다! 매콤 달콤
한 이 맛!' 식빵을 먹고 난 니글거림 때문인지 아니면 곰팡이 냄새
때문인지 썩 뒷입맛이 좋지 않았는데. 손가락을 다시 쑤욱 쑤셔 넣었
다가 빼냈다. 또다시 입에 넣어 쭉쭉 빨았다. 몇 번이나 거듭했다.
고추장통은 어느새 삼분의 일쯤은 줄어든 것 같았다. 그런데 왜 이것
이 내 눈에 눈물을 고이게 만드는 걸까? 아니, 고이다 못해 뚝뚝 한
두 방울씩 떨어졌다. 아니... 아니, 아직 미국 생활을 시작도 안 했는
데 벌써 눈물부터 흘리면 안 되지. 이건 이제 시작에 불과하니까. 그
래. 그게 옳다. 이제부터 시작이다. 참, 눈곱을 좀 떼고 나가야지. 맞
아. 커피포트에 물이 조금 남아있지. 손수건을 적실만큼. 가방에서
손수건을 꺼냈다. 커피포트에 손수건을 밀어 넣어 남아있는 물에 적
셨다. 그리고는 눈곱을 닦아냈다. 잘잘 때 흘린 침자국도 닦아냈다.
이젠 됐다. 립스틱을 조금 바르고 아이섀도 조금 칠했다. 화장을
하지 않으면 동네 슈퍼마켓도 나가지 못하는 나인 터라 대충이라도
그려야 했다. 공중전화 카드를 들고 계단을 내려왔다. 맨 아래층에
밖으로 나가는 현관문 같은 것이 있었다. 손잡이를 틀었다. 문이 열
렸다. 밖에는 차들이 쉬지 않고 뒤를 이어 달리고 검은 사람, 흰 사
람, 그리고 스페니시 같은 사람들이 마치 줄을 지은 행렬처럼 잇따라
행보하고 있었다. 드디어 밖으로 나왔다. 문은 자동으로 철컥하고 닫
히고 말았다. 내가 밀어 닫지도 않았는데 마치 누군가 기다렸다가 닫
기라도 한 듯 닫히고 말았다. 공중전화를 찾아 사방을 살펴보았다.
마침 길 건너편에 파란 전화기가 눈에 띄었다. 아무 생각도 없이 길
을 건넜다. 사방에서 빵빵거리며 경적소리를 냈고 어떤 운전수 하나

16

는 "까뗌!" 하고 나를 향해 가운뎃손가락을 치켜세우며 뭐라고 뭐라고 지껄여댄다. 아마도 차가 오는 것도 돌아보지 않은 채 무작정 도로를 건너는 동양 여자가 그들의 눈에 무식하게 비쳤나보다. 아무래도 좋았다. 그 말이 내겐 아무렇지도 않게 들렸으니까. 오로지 공중전화를 찾은 것만이 기뻤다. 자, 이젠 전화를 어떻게 쓰나. 우선 전화기에 적혀있는 사용 설명서를 읽었다. 1-800을 누르고 다시 카드 번호를 누르라고 되어있었다. 그다음 지역번호를 누르고 전화번호를 누르면 되었다. 다행히도 별 어려움은 없었다. 이 정도 영어는 별거 아니었다. 따르릉 하고 신호가 가고 어딘가 어색하게 들리는 "헬로우?" 하는 한국 여자의 목소리가 정겹게 들렸다.

"여보세요? 여보세요?"

반복하는 내 소리에 상대편에서도 "여보세요?" 라고 얼른 한국말로 바꿔 대꾸한다.

"저어. 빈방이 있다고 해서 전화드렸는데요…"

"네. 빈방이 하나 있긴 한데…"

그런데 그다음은 뭔가 준다는 건가, 만다는 건가. 감을 잡을 수가 없었다.

"일단 와 보세요. 오늘은 쉬는 날이니 아무 때나 오세요."

"네. 지금 갈게요."

하고 찰칵 전화를 끊었다.

'어떻게 간단 말인가? 지금... 왜 그랬을까? 내일 간다고 할 걸. 아니 좀 더 자세히 물어볼 걸.' 방 값은 얼마이며 누가 살고, 어디에 위치하고 있으며 어떻게 가는지 물어보지도 않았는데 그저 급한 마음에, 아니 지금 안 가면 그 방이 당장 나가고 없을 것 같기에. 그렇게 되면 또다시 어둠 속에서 휴지통에 실례를 해야 하는 불상사를 겪어야 할 것 같기에... 나도 모르겠다. 하여튼 마음이 급했다. '이젠 어쩐담?' 마침 신문을 찢어서 주소는 가지고 있었고 그곳을 찾아가기만 하면 된다. 다시 세정이의 창고방으로 돌아가야 했다. 그곳의 빨간 수첩 속에 적혀있는 콜택시 전화번호가 필요했다. 다시 욕을 먹지 않으려고 사방을 살피고 건넜다. 마침 점심시간이 지나서인지 아니면 다들 볼일들을 마쳤는지 거리는 아까보다는 조금 한산했다. 차들도 그리 많지 않았다. 조심조심 길을 건넜다. 세정이의 창고방으로 가려면 현관문을 거쳐 계단을 올라가야 했는데, 이게 뭐야? 손잡이를 잡아 돌려도 문은 열리지 않았다. 안에서는 열리지만 한번 닫히면 밖에서 열 수 없는 문인지는 전혀 몰랐다. 누구도 그것을 말해주지 않았다. '어떻게 하나...' 무슨 방법이 없을까? 곰곰이 생각을 해보았다. 문 앞에 죽치고 앉아 누군가 안에서 문을 열 때까지 기다리는 방법밖엔 없었다. 현관문 앞에 마침 계단이 두어 개 있었다. 자포자기하듯 털썩 주저앉았다. '누군가 오겠지. 1층 2층 3층 세 가구는 사는 것 같으니. 누군가 퇴근을 하든 아니면 밖으로 나가든 문은 열리겠지.' 그나마 곰팡이 핀 빵과 고추장이라도 먹고 배를 채웠다는 것이 위로가 되었다. 최소한 배고픔의 설움은 해결했으니까. 술 취한 듯한 사람이 횡설수설 지껄이며 나를 향해 무슨 소리를 하는 것 같은데 도무지 무슨 소리인지 알아들을 수 없었다. "베이비... 헬프..." 도무지 모르겠다. '이렇게 미국에 올 줄 알았으면 영어나 열심히 해둘걸.' 한국에서 대학을 나와도 영어를 잘하긴 쉽지가 않다. 그저 문법이나 달달 외우고 간단한 회화 정도나 할까. 영문과를 나와도 유창한 영어를 구사하는 건 흔하지 않은 일이다. 누군가에게 시간을 물어봐야 했다. "저어... 저어..." 지나가는 한 미국인이 발길을 멈췄다.

"저기... 아니 저기가 아니지. 헬로우. 아니 익스큐즈미. 저어. 왓타임 이즈 잇?"

뭐 그런 비슷한 말을 한 것 같다. 그가 뭐라고 했는데 하도 혀를 굴려서 정확히 알아들을 수 없었지만 3시쯤 됐다는 것 같았다. 지금쯤이라면 누군가 올 법도 한데... 그렇게 무려 3시간은 지났나보다.

나의 첫 출근

엘리베이터가 멈춰 선 곳은 3층. 짐가방을 질질 끌며 307호를 찾았다. 방은 복도 끝에 위치해있었다. 딩동, 벨소리와 함께 기다렸다는 듯이 젊은 40대 여자와 딸, 아들 세 식구가 나란히 문을 빼꼼 열고는 동물원 원숭이 구경하듯 나를 힐끔힐끔 위아래로 쳐다본다.

"저는 미스 리라고 하는데요. 룸메이트를 구한다고 해서..."

"들어오세요. 들어와요. 누난지 아줌만지?"

남자 꼬마가 대답한다.

"네. 들어가도 될까요?"

"예. 예. 하지만 짐을 챙겨가지고 올 줄 몰랐는데..."

어이없다는 주인아줌마의 핀잔 섞인 말이었다. 아직 결정한 것도 아닌데 서너 개씩이나 되는 짐가방을 모두 밀고 들어온 내가 어이없게 느껴졌던 모양이다. 나는 얼른 대답했다.

"전화 목소리만 들어도 굉장히 좋은 분 같아서 지체할 것 없이 그냥 짐을 챙겨들고 왔어요. 어머, 너 참 예쁘구나. 엄마를 닮아서 그런가 보구나. 어머, 아들은 어쩜 저렇게 잘생겼어요? 듬직하고 사내답게 잘도 생겼네."

하고 너스레를 떠는 나를 주인아줌마는 어처구니없다는 표정으로 바라봤다.

"애들이 조금 극성맞긴 해도 참 착해요. 그나저나 뭐 마실 거라도..."

"아니에요. 별로 생각 없어요."

그 말이 끝나자마자 아이들이 내 짐을 질질 끌고 복도 사이에 위치한 작은방으로 향했다.

"얘들아. 너희들 뭐해? 엄마 아직 얘기도 안 끝났는데 아줌마하고... 보아하니 나쁜 사람 같지 않고 인상도 첫눈에 척 들고 좋아 보이네요. 같이 살아요. 사는 날까지."

'휴우' 고시에라도 합격한 것 같았다. 곧바로 방세 문제와 마주쳤다. 한국을 떠날 때 간신히 달러를 바꿔서 쥐고 온 돈은 고작 130불. 아니 택시 요금 25불에다 5불을 팁으로 주고 난 터라 남은 돈은 100불이 전부였다.

●● 눈 덮인 뉴욕

"방세는 선불이에요. 오늘이 6일이니까 매달 6일 같은 날로 해요. 350불! 너무 벅차면 두 번에 나누어 내던가 아니면 매주 주급을 타서 내던가. 하지만 첫 달은 선불이에요."

"네. 그렇군요. 저어 죄송한데요. 제가 어제 한국에서 왔거든요. 그런데 돈이... 돈이 조금 모자라서요. 우선..."

말을 멈췄다. 100불을 다 주었다가 비상금도 없게 생겼고 그래도 모자라는데 반만 줄 수도 없고 암담했다. 에라 모르겠다. 용기를 내야지.

"아줌마. 괜찮으시다면 50불만 지금 드리고 나머지 300불은 다음 주에 주급 타서 드리면 안 될까요?"

주인아줌마는 태연하고 당당하게 말하는 나를 보고 차마 안 된다고 대답할 수는 없었던 것 같다.

"그래요. 그럼. 그런데 다음 주에 어디서 주급을 타? 직장은 있나? 어제 한국에서 왔다면서..."

"아, 예. 직장요? 구하면 돼요."

그렇게 말하는 내가 하도 어이없게 보였는지 주인아줌마는 물끄러미 나를 쳐다봤다.

"여기는 한국이 아니에요. 내일 당장 직장을 구해서 나갈 수 있는 데가 아니라고. 여긴 뉴욕이야. 뉴욕. 생각대로 그리 쉽게 일자리를 찾을 수 있을는지. 아무튼 피곤할 테니 쉬어요."

22

복도 끝에는 주인아줌마 방이 있었고 내 방 건너편에 목욕실이 있고 그 안에는 화장실이 딸려있었다. 그리고 거실이 자그마하게 있고 굳이 부엌이랄 것도 없는 부엌이 딱 달라붙어 있었다. '아아. 이 기쁨, 이 행복.' 두 다리를 뻗고 누울 수 있는 곳이 있어서 나를 덜 슬프게 했다. 그러나 이제부터 나의 고달픈 인생길은 시작된다. 당장 짐을 풀어놓는 것부터 떨렸다. 직장을 구할 수 있을지 없을지 모르겠고 큰소리는 쳤는데 그다음은 어쩌나. 수도꼭지를 틀어 큰 대접에 물을 받아 벌컥벌컥 들이마셨다. 갑자기 답답함이 느껴졌다. 일자리를 찾아야지.

다시 엘리베이터를 타고 아래층으로 내려왔다. 한국 사람이 유난히도 많이 모여 살아 뉴욕의 제2의 한국 타운이라고 불리는 이곳. 퀸즈에 있는 후러싱이라는 곳. 영어를 몰라도 얼마든지 살아가고 웬만한 한국 음식은 다 먹을 수 있다고 해도 과언이 아닐 정도로 정말 한국 사람들이 많았다. 로비에 있는 경비를 보았다. 흑인이었다. 키는 훤칠하게 크고 피부는 어쩜 저렇게 새카만지. 하지만 전혀 무섭거나 어색하지 않았다. "하이!" 하면서 나를 보고 싱긋 웃는 그의 얼굴에는 자상함과 친근함이 엿보였다. 눈은 깊게 쌍꺼풀이 져있었고 이는 유난히도 희고 빛났다. "하이!" 하고 대꾸하고는 얼른 밖으로 빠져나왔다. 그러지 않으면 그 흑인 남자가 영어가 서투른 날 붙잡고 자꾸 뭔가 물어볼까 싶어 겁이 나서였다. 거리는 많은 사람들로 붐볐다. 먹고살기 바쁜 뉴욕이라서 그런지 아니면 거의 저녁 시간이어서인지 사람들의 발걸음이 무척 바쁘게 움직이는 것 같았다. 유니온스트릿을 따라 한국 사람들이 운영하는 상가들이 유난히 많다는 거리로 내려갔다. 꿈인가 생시인가. 비몽사몽간에 본 것처럼 작은 구인광고가 눈에 띄었다. '점원 구함'이라고 쓰여있었다. 잘못 봤나? 다시 한번 자세히 읽어보았다. 역시 같은 내용이었다. 문을 밀고 안으로 들어갔다. 고소한 냄새가 배고픔을 더하게 했다. 갖가지 빵과 케이크들 그리고 먹음직스런 쿠키들이 즐비하게 늘어져있었다.

"이거 얼마예요? 이 빵은요? 이 쿠키는요?"

하고 직원에게 이것저것 가격을 물어보았다.

"뭘 드릴까요?"

일하는 아가씨가 다가왔다.

"저어. 사장님 계세요?"

"왜요? 지하실에 계신데요."

미국에서 아니 뉴욕에서 지하실이란 단어를 들으니 정말 생소하게 느껴졌다. 아마도 창고식으로 쓰는, 계단을 거쳐 내려다보이는 작은 공간을 말하는가 보다. 그때 마침 사장으로 보이는 주인아주머니가 케이크 박스를 가슴 앞에 잔뜩 안은 채 계단을 올라오고 있었다. 나는 얼른 눈치껏 케이크 박스를 받아안았다.

"아유. 고마워요. 그렇잖아도 거의 놓칠 뻔했는데…"

"안녕하세요? 저는 미스 리라고 하는데요. 점원을 구하신다기에 들렀어요."

"제과점에서 일해 본 적은 있나요?"

"아니요. 그런데 장사는 제가 정말 잘해요. 그냥 한번 써보세요. 후회는 안 하실 거예요."

"그래요. 그럼 내일부터 일할 수 있어요? 우린 당장 사람이 급한데."

"네. 몇 시에 오면 되죠?"

"아침 5시 25분이요."

"그렇게 일찍 문을 열어요?"

"예. 우린 아침에 출근하는 손님이 많아서 커피나 간단한 아침식사 대용으로 빵들이 많이 나가요. 그래서 젊은 애들을 썼더니 허구한 날 늦잠을 자서 안 나오니 도대체 장사를 해먹을 수가 있어야지요. 그래서 이번에는 좀 책임감이 있고 나이도 지긋한 사람을 쓸까 했는데. 아침잠 많아요?"

"아, 아니요. 없어요. 4시면 눈 뜨는 걸요."

아뿔싸! 거짓말을 하고 말았다. 생전 그렇게 일찍 일어나 본 적이 없는 나인데 어쩌자고 그랬나. 다시 아니라고 할까? 에라 모르겠다. 기차는 이미 떠났는데 아니라고 해도 달라질 것은 없었다. 직업을 못 갖는 것 말고는.

"그럼, 내일 뵐게요. 안녕히 계세요."

얼마나 주는지도 물어보지 않고 몇 시까지 일하는지도 물어보지 않았다. 아무튼 이렇게 해서 나의 뉴욕 생활이 본격적으로 시작되었다.

아파트 현관문 앞에 왔을 때 아까처럼 흑인 경비가 서 있었다. 다정하게도 문을 열어주었다. 레이디 퍼스트라더니 내 앞에 들어간 남자에게는 그렇게 친절하지 않았는데 나에게는 유난히도 친절했다. 싫지는 않았다. 몇 층에 사느냐고 그가 물었다. 그는 내가 묻지도 않았는데 자기 이름은 팀이고 싱글이라고 소개하면서 은근히 내 이름을 묻는다.

"횟즈 유어 네임?"

"마이 네임 이즈 제이 리."

더듬더듬 대답하고는 얼른 엘리베이터를 탔다. 주인아줌마가 벨소리를 듣고 문을 열어주었다. 그녀는 미국에서는 서로 이름을 부른다면서 내 이름을 묻더니 자기는 '영'이라고 부르란다. 좀 어색하긴 했지만 알겠다고 했다.

"배고프지?"

'이건 또 뭐야? 아주 말을 트네? 가만, 저 여자가 도대체 몇 살이나 되었을까?' 갑자기 궁금해서 견딜 수가 없었다.

"저, 실례지만 큰 애는 몇 살에 낳았어요? 결혼은 언제 했나요? 결혼한지는 몇 년이나 되었어요?"

내 나름대로 질문을 하여 통밥을 굴렸다. 아하, 겨우 32살. 나보다 2살이나 어리잖아. 내 동생보다 한 살이나 적고. 그런데 건방지게 반말을 하네. 그래. 참자. 여긴 미국이다. 여긴 한국이 아니지. 어떠한 일이 있어도 적응해야 한다. 옛날 성질 같았으면 '아니, 누구한테 반말이야? 너는 위아래도 모르니? 족보도 못 따져?' 하고 핀잔을 주었을 텐데. 그럴 처지는 아닌 것 같다. 왜냐하면 이 집은 영의 집이니까.

"찬밥이라도 남은 게 있으면 좀 주실래요? 배가 상당히 고픈 것 같네요."

나는 일일이 꼬박꼬박 존댓말을, 영은 꼬박꼬박 '제이'라고 내 이름을 불러가면서 끝끝내 반말이었다. 찬밥을 물에 말아서 영이 건네주는 시어빠진 총각김치 서너 쪽을 꺽둑꺽둑 베어 물었다.

"참. 나 취직했어요. 제과점에. 요 아래 있는 호산나 제과점이요."

"그래. 잘 되었네. 언제부터 나가는데?"

"내일이요. 그런데 혹시 알람시계 있으면 좀 빌릴 수 있을까요? 일찍 일어나는 데는 무재주라 걱정이네요. 첫날부터 늦으면 잘릴 텐데."

"그래. 내가 애들한테 시켜서 제이씨 방으로 보내줄게."

"정말 고마워요. 월급타면 하나 사고 돌려드릴게요."

"응. 괜찮아."

시계를 4시에 맞춰 놓았다. 1시간은 준비해야 하고 걸어가려면 20분은 소요될 테니... 피곤이 몰려왔다. 집이 그립고 조국이 그립고 아니 무엇보다도 어린 준이가 보고 싶어 미칠 것 같다. 밤은 왜 이리도 긴가. 시곗바늘 가는 소리는 똑딱똑딱 크기도 하다. 옆방에서는 드르릉 드르릉 주인아저씨의 코 고는 소리가 그칠 줄 모른다. 밤늦게나 귀가한다는 주인아저씨는 아마도 어느 빌딩의 경비원인가 보다. 오후 3시쯤 되어 나갔다가 새벽 1시나 되어야 들어온 것 같다. 낮에 잠깐 들은 영의 얘기에 의하면 영의 남편인 조씨는 영보다 13살이나 많으며 한국에 있을 때 사내에서 만나서 결혼한 커플이었다. 영이 막 H건설에 입사했을 때 그는 이미 터줏대감처럼 그 회사에서 이름이 알려진 유능한 간부급 직원이었다. 결혼을 한 후 해외출장이 잦았던 그가 어느 날 본사로 돌아왔을 땐 그의 직위는 이미 다른 젊고 유능한 사원에게 넘어가 있었더란다. 그 바람에 미국 지사로 발령을 받아 식구가 모두 이곳으로 옮겨오게 되었단다. 처음에는 경기가 좋아서 그런대로 견딜 만했는데 여러 가지 불황으로 회사 사정이 어려워지자 감원을 당했다고 한다. 그래서 지금은 어느 나이트클럽에 나가 경비를 보는 모양이었다. 또 영은 손톱에 매니큐어를 바르는 직업을 구해 일을 다닌다고 했다. 무려 몇 년을 고생해서 배웠지만 영어가 되지 않아 라이선스를 딸 수 없었던 영은 코네티컷에 있는 자그마한 한국인이 운영하는 네일 살롱에서 보조로 일하고 있었다.

이런저런 생각에 잠을 이룰 수가 없었다. 벌써 시계는 3시를 알린다. 그야말로 꼬박 밤을 새운 샘이다. 조금이라도 자 둬야지. 그래야 첫 출근 날 졸지 않을 테니까. 억지로 잠을 청했다. 꿈결에 흐느끼는 소리를 들었다. 도대체 누가 이 깊은 밤에 그토록 슬피 우는 걸까? 잠결에 꿈을 꾸었나 보다. 한국을 떠나올 때 엄마 등에 업혀있던 준이와 9살 난 세리를 공항에 남겨둔 채 등을 돌려 비행기에 오를 때가 떠올랐다.

"엄마 보고 싶으면 어떡하지? 미국은 먼 나라라 갈 수도 없고 전화 요금도 비싸다니 걸 수도 없고... 하지만 걱정 마. 준이랑 할머니는 내가 잘 챙길게. 준이 기저귀도 갈아주고 우유도 먹일게. 엄만 돈많이 벌어서 나하고 준이 찾으러 와야 돼. 꼭. 약속."

새끼손가락을 거는 어린 두 자식들을 멀리한 채 이곳으로 오게 되었다. 얼마나 울었는지 베개가 흠뻑 젖었다. 지금 한국은 몇 시일까? 우리 애들은 뭘 하고 있을까? 준이는 아픈 데는 없는지. 세리가 할머니 말씀은 잘 듣는지. 애들 생각에 미칠 것 같다. 아아... 정말 보고 싶다. 지금 당장이라도 도로 돌아가고 싶다. 비행기 지나가는 소리가 귓전에 울리는 것 같았다. 공항이 가까운 곳에 있는 탓에 비행기 나는 소리를 수없이 들어서 이젠 익숙해졌다고 영이 말했던 것이 생각났다. 알람시계가 요란하게 울어댔다. 벌써 4시가 되어있었다. 그만 일어나자. 샤워를 하고 나가야 할 텐데. 조심조심 문을 열었다. 발뒤꿈치를 들고 마루를 걸었다. 백 년도 넘은 건물이라 그런지 마루에서 삐걱삐걱 소리가 나 좀처럼 걸음을 뗄 수가 없었다. 화장실 문을 열었다. 샤워를 해야 하는데 물소리는 유난히도 크기만 하다. 수도꼭지를 비틀어 가장 작은 물소리를 내도록 틀어놓은 채 가만가만 머리를 감았다. 남의 집에 얹혀산다는 것이 이토록 조심스러운 줄은 미처 몰랐다. 엘리베이터를 타고 로비까지 내려왔다. 어머, 어쩐담. 밤새 내린 눈에 온 세상이 하얗게 덮였다. 나무도 차도 도로도

●● 눈 덮인 뉴욕

모두가 하얗게. 눈 덮인 이 거리를 걸어야 하는데 어떻게 한담. 한 발자국을 뗄 때마다 신발 자국은 크게 지문을 찍듯 찍혔고 몇 발자국 가지도 못해 뒤뚱뒤뚱 넘어질 듯 자세가 흔들렸다. 평상시에는 그리도 보고 싶던 하얀 눈! 하지만 지금 이 순간, 이 새벽에 마르지도 않은 머리에 내리는 눈은 그리 낭만적이지 않았다. 어제 날씨가 괜찮았던 탓에 그저 얇게 걸쳐 입은 검은 스웨터 속으로 들어오는 새벽 눈바람은 살 속을 뚫는 것처럼 차갑기만 하다. 이 눈길을 걸어야 하는 것이 퍽 상쾌하지는 않지만 어쩌겠는가. 제과점 앞에 닿았을 땐 이미 20분 정도 늦은 상태였다.

눈 덮인 뉴욕! 나의 첫 출근!

목구멍이 포도청

제과점에서 일한 지도 벌써 두주가 지났다. 오늘은 14일 동안 열심히 일한 주급을 받는 날이다. 주인아줌마 한나의 손에 몇 개의 빵 뭉치와 현금이 쥐어져 있었다.

"미스 리. 정말 수고했어요. 미스 리가 오고부터는 가게가 정말 깨끗해졌고 손님도 더 많아진 것 같아요. 일찍 문을 열어주니까 택시 기사분들도 커피를 일찍 마실 수 있어서 참 좋다고 하네요."

뉴욕에는 한국 콜택시 기사가 무척 많다. 그들이 한국에서 어떤 사정으로 여기까지 왔는지는 몰라도 미국에 들어와 영어도 통하지 않고 특별히 배운 기술도 없고 그렇다고 가진 돈이 많은 것도 아니므로 그저 할 수 있는 일은 한국에서 비좁은 길을 요리조리 총알처럼 다닌 덕분에 쌓은 운전 실력으로 기사 일을 구하는 것이다. 게다가 미국은 길 찾기도 쉬웠다. 그러므로 그들은 길을 열심히 익혔다가

●● 눈 덮인 뉴욕

중고차를, 그것도 한국 사람이 운영하는 중고차 센터에서 보증금 얼마를 걸고 나머지는 할부로 해서 링컨 타운카 아니면 조금 더 고급스러운 차를 구입한다. 한국 사람들이 맨해튼이나 그 밖에 가까운 거리로 갈 때 흔히 불러서 이용하는데 이 택시를 일컬어 '한국 콜택시' 라고 한다. 그들은 그룹을 이루고 조직을 짜고 규칙을 만들어 '무슨 무슨 콜택시 회사' 이렇게 회사 이름을 내걸고는 워키토키 같은 무선 장치로 "어느 곳에서 손님이 택시를 불렀는데요. 어디까지 가신답니다. 잘 모시세요. 요금은 얼마이고 톨비는 얼마입니다." 하는 연락을 받으면 총알같이 그곳에 가서 손님을 태우고 목적지까지 모셔다 주고 돈을 받는다. 아직까지는 미국 사회에서 정식으로 인정을 하지 않고 있어 공항에라도 나가는 날에 노란 택시, 미국에서 옐로우 캡이라 불리는 정식으로 등록된 택시의 눈에라도 띈다면 무슨 수라도 써서 거짓말로 둘러대야 한다. 그러기 위해서는 승객과 운전수 모두가 요이땅! 자세여야 한다. 단속이 심한 날이면 친척뻘 되는 사람인데 그저 마중 나왔다고 기타 등등의 이유를 대야한다. 물론 돈을 건네주는 것은 더더욱 보여서는 안 된다. 이렇게 해서라도 생계를 꾸려가지 않으면 정말 살아나가기 힘든 곳이 뉴욕이다. 많은 사람들이 꿈꾸는 아메리칸드림은 찾아보기 힘들다. 눈을 뜨면 하루를 살아야하고 또 한 달, 한 달 내야 할 청구서들이 너무 많다. 때로는 내야 할 돈이 번 돈보다 많은 경우도 있어 허덕이는 사람도 너무 많다. 어쨌든, 그 택시 기사들은 커피를 마심으로 하루를 시작했고 졸음을 참아냈으며 돈 벌기에 전력을 다했다. 아무튼 한나 아줌마는 기쁜 듯 했다.

"감사해요. 그런데 웬 돈이 이렇게 많아요?"

"조금 더 넣었어요."

"아닌데요. 이건 생각보다 너무 많아요."

주인아줌마는 100불을 나의 주급보다 더 넣었다. 그러시면 안 된다고 거듭 말했지만 내 손은 이미 돈을 꼭 쥔 채 놓지 않고 그저 입에 발린 소리만 할 뿐이었다.

"고마워요. 정말 감사해요."

사양할 생각은 접고 감사하자는 마음으로 바꿨다. 그렇다. 나는 그 돈이 정말로 간절히 필요했다. 내 생활비에 써야했고 한국에 있는 준이와 세리에게도 보내야 하니까.

내가 한국을 떠나오기 전 일산 근처에 있는 작은 마을에 월세방을 얻었다. 밤이면 천장 속에서 나는 쥐들의 전쟁 소리를 들으며 잠을 청해야 했다. 아침에 눈을 뜨면 한 바가지의 물을 데워 겨우 눈곱을 뗄 정도로만 세수를 했다. 쌀에 생긴 벌레를 헤집고 골라내어 싸라기 쌀로 밥을 지어먹어야 하는 그런 생활이 넌더리가 나고 견딜수가 없어서 돈을 벌러 간다는 구실로 도망치다시피 이곳으로 날아온 나였다. 돌도 채 되지 않은 너무 어린 준이와 그 무엇도 부러울것 없이 곱고 예쁘고 귀하게만 키워 온 우리 세리... 나의 지나친 욕심만 아니었더라면 그런 고생은 시키지 않았을 텐데. 정말 어린 것들과 늙으신 엄마에게 얼굴을 들 수가 없었다. 그리 큰 부자는 아니었지만 자그마한 빌라 두 채를 가지고 있었고 세리 아빠도 남부럽지 않게 돈 벌 만큼 벌었는데 어느 날 갑자기 다가온 엄청난 재난에 단

●● 눈 덮인 뉴욕

란했던 가정은 산산이 부서지고 지금은 아예 시커먼 재들만이 남아
사방으로 흩어져 날리고 있었다.

American Dream
무작정 GO! 마이웨이

→ **대를 잇는 상술**

호주산 양모 이불

"제이야. 너 이불 장사 안 해보련? 마진도 괜찮고 호주산이라 인기도 왓따야! 요즘 한창 오리털 이불이 유행하잖아. 너도 나도 오리털 이불 없는 집이 없잖니? 이건 양모 이불이야. 호주에서 직접 수입해 온, 양털로 만든 이불이라고. 내 보기엔 네가 상술이 남달리 뛰어나니 갖다가 한번 팔아나 봐라."

달콤한 삼촌의 속삭임이었다. 나는 그 당시 백화점 지하에 있는 액세서리점을 인수하려고 그곳에 점원으로 취직해서 일을 배우고 있던 중이었다. 어느 날 갑자기 백화점을 찾아온 삼촌의 달콤한 말에 귀가 가벼운 나는 그만 홀딱 넘어가고 말았다.

"그래요. 한번 팔아나 보죠 뭐. 2개만 갖다 주세요."

다음날 그 말이 떨어지기가 무섭게 삼촌은 영어로 쓰이고 색상도

●● 대를 잇는 상술

화려한, 손잡이가 달린 이불 박스를 가져왔다. 한국에서 병문안이나 누구 집을 방문할 때 흔히 가지고 가는 봉봉이나 쌕쌕이 주스 박스보다 좀 큰 사이즈에 현혹되기 쉬운 디자인. 게다가 색상도 사람들의 눈을 혹하게 했다. 그 안에는 퀸 사이즈, 킹 사이즈, 싱글 사이즈의 다양한 이불들이 들어있었다. 우선 삼촌이 들고 온 것은 퀸 사이즈 두 개였다.

"잘 팔아봐. 이불은 얼마든지 있으니까. 한 개 팔면 3만 원은 네가 갖고 나머지 15만 원만 날 주면 돼."

'가만가만. 그럼 내가 열 개를 팔면 30만 원. 이건 식은 죽 먹기네.'

어릴 적 외할머니에게서 전수받다시피 익혀온 상술이 나에겐 잠재하고 있었다. 외할머니는 엄마가 무남독녀로 외로이 자란 것을 늘 안타까워하여 "너는 그저 자식을 많이 낳아라. 한 다섯쯤은 낳아야 돼." 하시면서 밀어붙이셨다. 그 바람에 첫딸은 살림 밑천, 둘째 딸은 다음에 아들을 보기 위한 전주곡, 셋째 딸인 나는 구박 덩어리, 넷째 딸은 그래도 다음에는 아들이겠지 하는 희망, 마지막으로 다섯째에 듬직한 아들이 태어났다. 이렇게 해서 다섯의 남매를 둔 우리 엄마는 늘 아버지께 구박만 받았다.

"새끼들은 왜 이리 많이도 낳아놓았는지. 지겹다. 내 신세는 네 엄마 때문에 다 망쳤어."

툭하면 당신의 장모인 외할머니를 원망하는 소릴 하곤 했다. 그때 아버지는 공장을 운영하고 계셨다. 전깃줄을 만들고 불을 켜는데

필요한 갖가지 도구들, 소켓, 형광등 전구 등을 만드는 공장을 경영
했었는데 수십 명의 종업원이 있었고 여러 종류의 기계들이 즐비했
다. 때로 불경기로 인해 종업원들 월급이라도 못 줄 경우 아버지는
연신 나쁜 욕을 하면서 외할머니에게 신세 한탄을 해대곤 했다. 그럴
때마다 우리는 쥐 죽은 듯이 어느 한 귀퉁이에 처박혀있어야 했고
혹시 눈에라도 띌 경우 고양이를 만난 쥐처럼 후다닥 종적을 감추어
야 했다. 다섯 형제 중에 난 유난히 구박덩어리였다. 딸! 딸! 또 딸!
지겨운 딸! 아버지는 나를 아주 미워했다. 아들을 바라던 아버지에게
나의 존재는 아마도 원수 같았나 보다. 그도 그럴 것이 아버지는 장
남에다 대를 이어갈 아들이 필요했다. 그때 당시만 해도 한국은 전근
대적인 사상으로 아들 선호 사상이 뿌리박혀 있었다. 그런데 하나도
아니고 둘도 아닌 셋까지도 딸이니 당연히 구박덩어리일 수밖에...
하지만 희한하게도 넷째 딸인 은주는 구박을 받지 않았다. 상식적으
로 생각할 때 넷째 딸은 갖다 버려야 하지 않았을까? 그렇게 지겹도
록 딸이 싫다면... 아니 먹고살기도 힘들다면 누구에게 양녀로라도
주던지 아님 고아원에 보내던지 해야 했던 것 아닌가. 그러나 은주는
달랐다. 아버지는 막내딸이라고 유난히 예뻐했으며 남장을 시켜 데
리고 다니면서 수금을 하러 갈라치면 꼭 오토바이 꽁무니에 매달고
다녔다. 이해할 수 없는 우리 아버지였다. 그래서 나는 유난히 아버
지에게 정이 없다. 그래도 막내딸을 낳은 뒤 아들, 그것도 크리스마
스 날에 태어나서 예수님과 생일 동창인 우리 막내 덕분에 모든 딸
들은 구박의 구렁텅이에서 벗어났다. 그러나 그것도 잠시. 핑계는 만
들면 핑계라더니 아들을 낳고 나서 사업이 잘 안된다나 어쩐다나 또

● ● 대를 잇는 상술

다시 구박의 연속이었다. 자식을 많이 낳아 고생하는 것을 외할머니에게 비난하자 외할머니도 일말의 책임감을 느꼈는지 열심히 돈 벌 궁리를 했고 그렇게 벌어들인 돈은 손주인 우리들의 먹거리나 학비에 보태졌다.

내가 초등학교 3학년 때의 일이다. 그때 내 나이 10살. 나는 외할머니로부터 장사하는 방법을 배우기 시작했다. 봉지를 붙여서 실로 꽁꽁 동여매어 신촌에 있는 상가에 가져다 넘기고 오는 것이 내 일이었다. 학교를 마치고 헐레벌떡 대문을 들어서면 할머니는 나에게 시멘트 봉지를 털고 재어서 만든 종이봉투를 100장씩 묶은 걸 보여주셨다.

"이건 4원, 이 작은 건 3원, 이건 2원 이렇게 받아오면 된다."

"네에."

보따리에 꽁꽁 묶여진 봉투를 조그만 머리에 이고 창전동에서부터 신촌 상가까지 어린 내 걸음으로 30분 남짓 걸리는 거리를 걸어야 했다. 그래도 전혀 힘들게 생각되지 않았던 이유는 돌아오는 길에 아이스케키 하나를 입에 물 수 있었기에! 힘이 넘쳤고 가슴이 뛰었다. 외할머니는 유난히 나를 예뻐하셨다. 아버지에게는 구박받고 형제들에게 치이는 내가 아마도 측은하고 불쌍했던 모양이었다. '씩씩하게 살자. 열심히 살자. 외로워도 슬퍼도 나는 안 울어. 참고 참고 또 참지 울긴 왜 울어...' 하면서 흥얼흥얼 콧노래를 부르며 신촌 다리를 건너곤 했다. 봉지를 들고 상가에 나타난 나를 보면 상가 아줌마들은 "제이 왔나?" 하면서 반갑게 맞아주곤 했다. 할머니가 받아오

40

라는 가격에 적게는 20전, 크게는 50전까지 더 붙였다. 너무 많이 붙이면 다시는 할머니 봉지를 안 팔아줄까 봐 그럴 순 없었다. 머리를 썼다.

"아줌마. 이 큰 봉지는 얼마에 받으세요. 다른 사람한테?"

"그거, 5원."

"그럼 이거는요?"

"4원."

"그럼, 이 작은 거는요?"

"3원."

"아아, 그래요? 그럼 우리 할머니 봉지는 50전씩만 깎아 드릴게요. 우리 할머니가 그러시는데 아지매 떡도 싸야 사 먹는대요. 그러니까 조금 싸면 되죠?"

난 어리광에 능청까지 떨었다. 아줌마들은 흔쾌히 내 봉지를 다 팔아주었다. 할머니와의 약속대로 10전짜리 하드를 하나 사서 입에 물었다. 깨물어 먹으면 금방 다 먹을 것 같기에 혓바닥으로 살살 핥아 먹었다. 이 맛! 정말 맛있었다. 힘들게 걸어온 길이 하나도 멀지 않았다. 힘차게 대문을 박차고 들어가 돈 계산을 할라치면 할머니는 "더 받은 돈은 네가 가져라. 고생했다. 내 손녀딸 장하다. 내 손녀딸." 하고는 내 머리를 쓰다듬으셨다. 물론 그 눈에는 눈물이 그렁거리는 것을 나는 놓치지 않았다.

　그렇게 해서 나는 상술을 익혔고 어떻게 상대방 비위를 맞춰야 남보다 재빨리 그리고 많이 팔 수 있는지를 알았다. 이렇게 어릴 적부터 타고난 장삿술이 있었던 나를 삼촌이 모를 리가 없었다. 이불 두 박스를 받아들었다.

　"내일 들를게요."

　"다 팔면 들러."

　삼촌은 사라졌다. 집으로 퇴근하는 길에 잘 아는 친구 현의 엄마에게 들렀다. 그녀는 반색을 하며 맞아주었다. 나의 이불 박스를 보고 얼른 눈치채신 현의 엄마가 물으셨다.

　"이번엔 뭘 파니? 이건 또 뭐야?"

　"이불이요. 호주산 양모 이불이요. 삼촌이 얼마 전에 호주에 가셨다가 수입해 오셨다나 봐요. 한번 팔아보라고 해서요. 하나 팔면 3만 원이 남는대요. 저랑 이거 해보실래요? 돈은 반반씩 갈라요. 열 개만 팔면 족히 15만 원은 챙겨요. 그럼 그걸로 전기세, 생활비 같은 것은 보탤 수 있잖아요."

　"이젠 별 걸 다 파네."

　그도 그럴 것이 어릴 적 봉지 팔던 일, 화장품 팔던 일, 액세서리 팔던 일, 오리털 이불에 자기 그릇에 이것저것 안 팔아본 것이 없다는 걸 다 아는 현의 엄마로서는 그런 말을 할 만도 했다. 게다가 우리 옆집에 살았고 우리 엄마와도 친한 친구인지라 나를 너무도 잘 알고 계셨다.

"그래서 이 밤에 나를 찾아왔어? 그래. 내가 팔아줄게."

선뜻 36만 원에서 아줌마 몫인 3만 원을 빼고 33만 원을 수표로 건네주었다. 정말 기쁘고 황당하기까지 했다. 집에 돌아와 바로 삼촌에게 전화를 걸었다.

"삼촌, 이불 몇 개나 더 있어요?"

"육백 개."

"네에? 왜 그렇게 많아요?"

"너 다 팔았니?"

"네."

"돈은 챙겼고?"

"물론이지요. 내가 누군데." 하고는 우쭐댔다.

"그럼 그 돈 가져오고 내일 이불 더 가져가."

일전에 삼촌은 뉴질랜드로 여행 갔다가 한국에서 이민 간 미스터 리라는 사람을 만나 양모 이불 이야기를 듣고 혹해서 그분과 함께 호주에 있는 이불 공장에 들렀다. 그런데 영어를 못 알아들어 그만 실수를 하고 말았단다. 미스터 리가 자리를 잠시 비운 사이에 서툰 영어로 잘난 척하다가 그들이 제의하는 '얼마나 살 거냐?'라는 질문에 그만 '6백' 하고 대답을 해 버렸다. 삼촌 딴에는 얼마면 좋겠느냐 하고 묻는 줄 알고 6만 원을 대답한다는 것이 6만이 동그라미가 네

●● 대를 잇는 상술

개니까 영어로 6백 그리고 백이라고 말했단다. 그게 주문 물량이 되어 6백 박스로 변해 버렸다. 그리고 삼촌은 그것도 모른 채 주문 서류에 사인을 했고. 사실, 삼촌한테 그 돈은 별거 아니었다. 원래 가지고 있는 건물도 많고 돈도 많은 삼촌이었다. 그러나 한국에 돌아와 돈을 치르고 이불을 배달받은 삼촌은 당황할 수밖에 없었다. 장난이 아니었다. 이불 6백 박스는 삼촌의 집 차고와 창고에 가득 쌓였고 그 것을 파는 것도 쉬운 일은 아니었다. 어쨌든 난관에 부딪힌 삼촌을 내가 구해준 것이나 마찬가지였다.

이렇게 해서 액세서리점을 열려던 내 꿈은 하루아침에 이불 장사로 탈바꿈을 했다. 두 개, 네 개, 열 개, 삼십 개, 백 개, 이백 개, 이렇게 거듭하다 보니 육백 개를 다 팔아 치웠고 호주 측에서는 신용장을 열어 본격적으로 판매를 해보자고 권유했다. 삼촌은 신촌 로터리에 있는 건물 하나를 월세로 내주며 매장으로 수리해 본격적으로 수입해서 팔아보라고 했다. 그 바람에 마음이 들떠 삼촌이 살던 집을 수리해서 매장으로 바꾸고 신용장을 열고 물건을 주문하기 시작했다. 가지고 있던 모든 돈 그리고 은행 융자, 세리 아빠의 돈까지 모두 털어 넣었다. 장사가 잘 되어서 백화점에도 매장을 오픈하게 되었고 가장 유명한 압구정동에 있는 여러 가게에도 점포를 넣고 대리점을 이곳저곳에 내주었다. '이것이 신이 나에게 주신 행운이란 말인가?' 장사는 너무도 잘 진행되었다. 좋은 차도 샀고 신도시에 짓는 아파트까지 분양받았다. 없는 게 없을 정도로 집안 살림은 가득 찼다. 여성 잡지사에서 30대 여성의 성공 체험기를 싣는다면서 우리 매장과 사업 동기, 미래, 성향 등등을 인터뷰 했고 내 사진을 매장사

44

진과 함께 '30대 여성의 성공 체험기' 라는 타이틀로 크게 실었다.
그도 그럴 것이 그 당시만 해도 다른 나라에서 물건을 수입한다는
것은 쉬운 일이 아니었다. 나는 여러 가지 아이템을 개발했다. 이불
뿐만 아니라 침대보, 휴지통 커버 같은 생활 액세서리들도 양모를 이
용한 제품들로 출시했다. 물론 디자인도 내가 했고 아이디어도 내가
냈다. 이렇게 시작한 사업은 삼촌보다도 나를 더 통 크게 만들었다.
들어오는 돈도 만만치 않았다. 워낙 비싸고 고급스런 물품이라 부잣
집 치고 우리 양모 이불을 안 덮는 집이 없었다. 2년, 3년 사업은 성
공가도를 달렸다.

아들! 아들! 아들!

    돈도 많이 벌었다. 남부러울 것이 없었다. 나는 아들이 갖고 싶었다. 갑자기 이 사업을 물려줄, 대를 이을 아들이 필요했다. 무리인 줄 알지만 바쁜 가운데 남편과 나는 사내 아이 갖기를 시도했다. 좋다는 약을 다 먹었고 양수 검사에, 체온 조절에, 갖가지 방법을 다 써보던 어느 날 드디어 임신이 되었다. 세리를 낳은 지 거의 십 년 만에 가진 아이라 쉽지는 않았다. 입덧도 심했고 몸은 점점 게을러져만 갔다. 결정적인 문제는 사업이었다. 호주에 물건을 주문해야 하는데 한국이 이불이 잘 팔릴 겨울철이면 호주는 여름이라 더워서 휴가들을 간다. 시기적으로 잘 맞아떨어져주지 않았다. 물건을 발주하면 한 발주 건은 물건이 들어오고 있고 다른 한 발주 건은 물건 주문만 들어가 있고 다른 발주 건은 이미 김포 세관에 물건이 도착해 있어야 했다. 물량이 많다보니 세 발주의 대금을 한꺼번에 선불로 지불해야 했고 그 액수는 상당한 금액이었다. 김포 세관에서 시비라도 걸리는 날에는 그곳에서 밤을 새워서라도 물건을 빼내 와야 했다. 여자로서 쉬운 일은 아니었다. 그런데다 임신한 몸이라 함부로 몸을 놀릴 수도 없는 처지였다. 툭하면 몸이 붓고 손발이 퉁퉁 부어올랐다. 그 무렵 나에게 자금 문제가 닥쳤다. 게다가 유난히 술을 좋아하던 남편은 밤낮으로 일에 파묻혀 늦게 귀가하는 나에게 시비를 걸기 일쑤였는데 술이 몹시 취한 날은 목까지 조르며 나를 괴롭히곤 했다.

"돈을 벌어다 다 처먹고 집구석이라고 늦게나 기어 들어오고 남편 밥을 제대로 챙기나..."

모질고 혹독한 남편의 학대가 시작되었다. 술을 마시는 날은 하루하루 늘어갔고 술의 양도 점점 많아졌다. 이따금씩 이불에 실례를 하고는 다음날 아침에 일어나서 "네가 주전자로 물을 쏟아 부었지?" 하고 억지소리까지 해대곤 했다. 어린 딸 세리는 그런 아빠를 보며 겁에 질려 눈도 마주치지 못하고 눈치를 보며 밤이면 요에 오줌을 쌌다. 시어머니마저도 내 편이 아니었다.

"사업인지 뭔지 그만 때려치우고 살림이나 조신하게 해라." 면서 핀잔을 주었다. 정말 괴로웠다. 더이상 견딜 수 없어 나는 이혼을 요구했다. 뱃속에 있는 아들 준이는 유산을 시켰다고 거짓말을 했고 어린 딸 세리는 내가 맡겠노라고 했다. 난 내 자식들을 모두 지켜야만 했다. 법원에 갔을 땐 이미 입덧이 멎은 상태라 감쪽같이 모두를 속일 수 있었다.

그렇게 이혼을 했다. 그리고 나의 또 다른 삶은 시작되었다. 사업은 휘청거렸고 내 몸 하나 돌볼 정신이 없었다. 배는 점점 불러가서

47

●● 대를 잇는 상술

한국에 남아있을 수가 없었다. 불러온 내 배를 보면 남편과 시어머니가 당장에 아이를 빼앗아갈 테고 그토록 힘들게 가진 내 아들이 순식간에 내 눈앞에서 사라질 것이 불 보듯 뻔했다. 그렇게 가만히 당할 수는 없었다.

미국 여행

한국을 떠나자고 맘을 먹었다.

배가 불러지면 미국 공항에서 입국을 허용하지 않는다고 하니 서둘러야 했다. 친구 우영이가 L.A에 살고 있었다. 시간대가 다르니 밤이 되기를 기다려 전화를 걸었다. 내 사정을 다 들은 우영이는 당장 오라고 한다. '이 친구도 L.A에 간 지 얼마 안 되어서 자리도 못 잡았을 텐데... 하지만 언니가 그곳에서 잘 산다고 했으니 괜찮겠지.' 사업을 직원들에게 대충 부탁하고 한국을 잠시 떠나기로 작정을 했다. 그때 내 계획은 미국에 두 달 반만 있으면서 아이를 그곳에서 낳고 아이의 시민권을 따서 한국으로 돌아오면 아무도 아이를 뺏어가지 못한다는 것이었다. 잘나가던 사업을 내팽개치고 L.A행 비행기를 탔다. 어릴 적부터 붙여진 별명이 '왕갈비'일 정도로 마른 체격 덕분인지 벌써 임신 7개월이 다 되었는데도 배는 그리 불러 보이지 않았다. 그저 좀 뚱뚱한 사람들의 똥배 정도, 아니 옆으로 두리둥실 하게 퍼져있었다. 거기에다 위에는 박스식의 셔츠에 쫄바지를 입어서 전혀 임산부로 보이지가 않았다. 평소 화장하는 것을 좋아해서 화장으로 임산부의 초췌한 모습을 커버했다.

L.A공항에 도착하니 웬 한국인이 그리도 많은지. 한국말로 "어디로 나가면 돼요?" 하고 물을 정도였다. 옆에 있는 아주머니 한 분이 "나 따라와. 그리고 검색대에서 공항 직원이 얼마나 있을 거냐고 물으면 일주일만 있는다고 해. 그럼 쉽게 통과할 수 있어." 그 아주머니 말이 맞았다. 공항 직원은 나에게 얼마나 있을 거냐고 물었고 나는 마치 시험 답안을 외우고 있었던 것처럼 "원 위크." 하고 얼른 대답했다. 그랬더니 그는 여권에 6개월 체류 기간 도장을 찍어주었다.

가방을 밀고 나왔다. 친구 우영이와 그의 남편 철희씨가 나와 있었다. 우영이는 반색을 하며 내 몸을 꽉 끌어안았다. 차를 타고 얼마쯤 갔을까. 정말 미국이란 나라는 넓고도 넓었다. 가도 가도 끝이 보이질 않는다.

"아직 멀었니? 이렇게 멀리 살아?"

"응. 미국은 길이 안 막혀서 멀리 살아도 쭉쭉 달릴 수가 있어. 한국은 먼 거리가 아니어도 시간이 오래 걸리지. 차들이 막히고 길이 좁아서. 하지만 미국은 거리가 멀어도 길이 안 막히니까 달리기는 좋아."

길이 뻥 뚫려있으니 속은 후련했다. 거리의 이정표에 쓰인 영어에 익숙지 않아서 자칫하면 길을 놓치기가 일쑤일 것 같다. 저 영어를 읽다 보면 빠져나가는 길을 놓치기가 다반사겠지.

"넌 어떻게 여기서 살 생각을 했니? 철희씨는 운전도 잘하네."

넓게 펼쳐진 푸른 들판은 끝날 줄을 모른다. 이제 거의 다 왔나 보다. 한국 상점들의 간판이 이곳저곳 눈에 띄기 시작했다.

"어머머. 맛나 설렁탕, 갈비... 진짜 웃긴다. 한국 글씨를 미국에서 보다니. 정말 신기해."

우영이가 살고 있는 곳은 한국 사람들이 모여 산다는 소위 미국 속의 한국 'L.A 코리안 타운' 이었다. 영어가 필요 없고 한국 음식은 어떤 것이든지 먹을 수 있으며 한국 속옷부터 시작해서 한국에서 살 수 있는 것은 돈만 있으면 다 살 수가 있단다. 정말 한국 사람들이 자랑스러웠다. 어떻게 이 큰 미국 땅에서 내 나라 글씨로 간판을 내걸고 장사를 하는지. 한국에서는 볼 수 없는 대형 마켓에 들렀더니 없는 것 없이 다 진열되어 있었다. 의지의 한국인, 자랑스러운 한국인, 정말 내 입에서 감탄사가 흘러나왔다.

우영이가 산다는 아파트에 도착했다. 긴 여행 때문인지 뱃속의 아기가 긴장한 듯 꿈틀꿈틀 툭툭 발길질을 해댄다.

"잠깐 누워야겠어. 옆구리가 뒤틀리는 것 같아."

우영이는 눈치 빠르게 철희씨를 내보내고 작은 거실에 있는 소파에 쿠션을 놓으며 누우라고 권한다. 여러 가지 일로 지치고 긴장했던

51

●● 대를 잇는 상술

내 맘과 몸이 안식처를 찾은 듯 소파에 누운 지 5분도 안 되어 곯아 떨어졌다. 아마도 심하게 코까지 골았던 모양이다. "엄마!" 하는 소리에 놀라 잠에서 깨어보니 우영이 아들이 학교에서 돌아와 있었다. 그동안 철희씨는 아이를 데리러 학교에 갔다 온 모양이었다.

"우진이 잘 있었니? 아줌마 생각나? 세리 엄마."

"네."

"잘 있었구나. 많이도 컸네."

떠난 지 몇 달 안 되었던 것 같은데 우진이는 몰라보게 자라있었다. 나는 얼른 가방을 뒤적여 우진이를 위해 준비해온 로봇 장난감 두 개를 꺼내 건네주었다. 한국을 떠나온 지 이미 몇 개월이 지났지만 로봇은 잊지 않았나 보다. 얼른 잡아채가지고는 어디론가 사라졌다.

"잘 잤어? 무척 피곤했었나봐. 코까지 골고. 애기는 잘 크고 있어?"

"응."

"내일은 병원에 가서 진찰이나 좀 받아보자. 내가 예약해놨어."

"그렇게 빨리?"

"응. 2주 전부터 네가 온다는 전화 받고 들떠서 잠도 안 오고. 오면 무엇부터 해줘야 할지 생각 끝에 애 낳는 문제, 그리고 애기 시민권 따는 문제를 서둘러 알아봐야 할 것 같아서... 내일 아침 11시에 의사하고 진료 약속을 해놨어. 괜찮지?"

52

"그래. 고맙다. 우영아. 너밖에 없네. 철희씨는 뭐래? 부엌에 있니?"

"응. 저녁을 만든다나. 시장 봐 와서 지금 바쁘게 준비하고 있어."

"뭐라고? 철희씨가 저녁을?"

한국에서는 상상도 못 할 광경이다. 우영이와 소파에 앉아 이런 저런 얘기, 수다를 있는 대로 늘어놓았다. 저녁이 다 준비 되었는지 부엌으로 오라는 소리가 들렸다. 은대구 조림에 갈비, 시금치 된장국 까지.

"아니, 이런 걸 언제 다 배웠어요?"

"데우기만 했어요."

"반찬 가게에 가면 다 팔아. 철희씨가 사다가 레인지에 데우고 고기는 양념이 다 되어 있어서 굽기만 하면 돼. 정말 쉬워. 내가 언니 네로 일을 가면 철희씨가 슈퍼에서 반찬, 밥 다 사다가 우진이랑 챙겨서 먹어. 그렇게 크게 감탄할 것 없어. 여기는 다 이렇게 살아."

너무도 당연하고 태연하게 말하는 우영이가 의아하게 느껴졌다. 우진이 방을 깨끗이 치워 내가 묵을 수 있게 내어준 덕분에 긴 여행으로 피곤하고 지친 몸을 편안하게 쉴 수 있었다.

다음날.

"소셜 넘버 있어요? 주소는요? 직업은요? 아이는 어디서 낳을 건가요?"

병원에 온 나는 의사를 보기도 전에 간호사의 여러 가지 질문에 시달려야 했다.

"소셜 넘버가 뭐야?"

"한국의 주민등록증 번호 같은 거야. 넌 없으니까 그냥 없다고 하면 돼."

우영이가 설명해 주었다.

"여기도 사람 사는 곳인데 왜 복잡하지 않겠냐?"

그냥 방문으로 온 건데 체크하러 왔다고 했다. 그 후 의사를 만날 수 있었다.

"애기를 낳으려면 돈이 많이 들어요. 더군다나 보험도 없으시고... 아직도 두세 달은 남았는데 피검사 양수검사 등 여러 가지 검사를 받으려면 돈이 만만치가 않아요. 웬만하면 한국에서 낳으세요. 그게 싸게 먹혀요."

의사는 이 한마디를 남긴 채 방에서 나가 버렸다. 망치로 뒤통수를 한 대 얻어맞은 기분이었다. L.A행 비행기를 탔을 땐 나름대로 희망과 기대와 미래에 대한 설렘으로 가득 차 있었는데. 모든 꿈이 물거품으로 돌아가는 순간이었다.

기쁨과 슬픔이 엇갈리는 순간

"잘 있어. 그동안 정말 고마웠다. 덕분에 미국 구경도 잘하고. 애기 낳고 좀 나아지면 다시 올게. 들어가."

우영이와 서로 아쉬움을 남긴 채 나는 다시 한국으로 돌아가는 비행기에 올랐다. 엄마 마음을 아는지 뱃속에서 심하게 꿈틀거리는 태아의 움직임 때문에 불편함을 감출 수가 없었다. 옆에 앉은 아주머니가 한국에 있는 딸의 산후조리를 해주러 간다면서 남의 일 같지 않다고 연신 나에게 관심을 보이며 계속 얘기를 해댄다. 그러나 내 귀엔 아무 말도 들리지 않았다. 이젠 어떻게 하나. 시커먼 먹구름 속으로 빠져드는 나의 모습을 보는 듯 했다. 기내에서 주는 음식도 속에서 받지를 않았다. 걱정과 불안감 때문에 통 잠을 청할 수도 없었다. 김포공항까지 한 시간 남짓 남은 도착시간. 한국을 떠날 땐 설렘과 긴장 때문에 긴 비행이 그리 지루한 줄 몰랐는데 돌아오는 이 길은 왜 이리도 멀고 지루하게만 느껴지는지... 심한 바람 때문에 비행기가 착륙할 수가 없어 잠시 허공을 떠돌아야만 했다. 속이 메슥거리고 꼭 토할 것만 같았다. '참자. 참자. 조금만 참자... 아니 더이상은 못 참겠네!' 급하게 화장실로 향했다. 문을 여는 순간 그만 다 토하고 말았다. 워낙 먹은 것이 없어서인지 물만 토해냈다. 그렇게 시달리다보니 어느덧 비행기는 김포공항에 착륙해 있었다. 떠날 때의 행복감과는 정반대의 기분으로 다시 한국 땅을 밟았다. 선물이랍시고 이것저것 챙겨온 것들을 공항 검색대에 펼쳐서 검색을 마치고 일산 도내리행 시외버스에 몸을 실었다. 보고 싶은 딸과 엄마를 볼 수 있어 한편으로는 정말 기뻤지만 또 다른 한편으로는 앞으로 펼쳐질 내 인생이 암담했다.

집에 오니 철없이 달려드는 세리.

"엄마, 선물 사 왔어? 바비 인형 사 왔어? 공주 시계는? 털 달린 가방은?"

내 가방을 이리저리 뒤지며 세리는 수십 가지 질문을 하는데 정신이 없었다.

"엄마. 별일 없었어요? 세리 아빠는 잠잠해요?"

우리가 사는 곳은 아무도 몰랐다. 세리 아빠의 눈을 피해 서울에서 조금 떨어진 이곳에 허름한 월세방을 얻고 엄마와 세리 그리고 나 이렇게 세 식구가 도피해있었다.

"응. 찾아온 사람 아무도 없었어. 그나저나 미국 간 일은 어떻게 되었어?"

"네... 그냥... 그렇게..."

눈물이 솟구쳤다. 말을 이을 수가 없었다. 엄마는 금방 눈치를 챘다.

"그래. 그냥 부딪히면서 말 통하는 내 나라 땅에서 살자. 하늘이 무너져도 솟아날 구멍이 있다는데 무슨 수가 있겠지. 피곤할 텐데 어서 자라. 애기는 잘 크는 것 같아? 발길질이 심하니? 배가 많이 부른 것 같다."

심난한 마음을 말로써 달래려는지 정신없이 이말 저말 떠들어대는 엄마를 향해 냅다 소리를 질렀다.

"엄마! 엄마는 왜 점점 나이가 들면서 말이 많고 수다스러워져? 엄마답지 않게!"

본의 아니게 엄마에게 그만 면박을 주고 말았다. 내 맘을 읽었는지 엄마는 얼른 하던 말을 멈췄다.

"그래. 어서 자라. 무슨 수가 있겠지..."

불을 끄고 자리에 누우셨다. 어둠속에서 엄마와 난 눈물을 흘렸다. 서로가 눈치채지 않도록 아주 조용히. 그리고 소리 없이. 아니 한없이. 밤이 새도록...

축하해요. 아들이에요.

배가 불러지면서 거동을 될 수 있는 한 삼가야 했다. 누구 눈에라도 띌까봐 두려웠고 무엇보다도 세리 아빠가 알까 조심스러웠다. 그러던 어느 날 전화 한 통이 걸려왔다. 노주임이었다.

"사장님. 별일 없으세요? 애기는 잘 커요? 해산날이 아직은 좀 남았죠?"

"네. 이제 일곱 달 반이에요."

"아직 움직일 순 있겠네요. 다름이 아니라 아는 친구가 이불을 좀 산다기에 혹시 재고라도 남았으면 덤핑으로 파실 생각이 있으신가 하고요."

사업이 내리막길로 접어들 일산 창고에 쌓아 둔 이불 박스들 중 몇 박스는 창고세가 밀리는 바람에 세를 대신해 지불하고 나머지 재고들은 아는 할머니 댁으로 서둘러 옮겨놓은 것을 알고 있던 터라 전화를 건 모양이다. 그렇다. 돈이 있어야 했다. 그래야 해산 준비도 할 수 있을 테니 일단은 잘 된 셈이다.

"네. 몇 박스나요?"

"일곱 박스요. 싱글, 더블, 퀸 골고루 섞어서요. 반값에라도 파세요."

"그래야지요."

서둘러 이불을 차에 실었다. 나에게 남은 거라곤 이불 몇 박스와 지금 처지에는 어울리지 않는 고급 승용차가 전부였다.

'그래. 돈을 좀 만들어야지.'

복잡한 도심의 도로를 정신없이 요리조리 비집고 달렸다. 한남동 까지 가야했다. 퇴근 시간이라 그런지 정신없이 차들이 질주한다. 막 한남동 사거리에 도착했는데 '끼익' 하고 급정지하는 소리와 함께 무 언가 내 차 뒤를 펑 하고 치는 소리를 마지막으로 나는 의식을 잃고 말았다. 눈을 떴을 땐 병원 응급실이었다.

"여기가 어디에요?"

"교통사고가 났었어요."

하얀 가운을 입은 의사와 간호사들이 링거를 꽂고 초음파 검사에 갖가지 검사들을 하느라 정신이 없었다. 양수가 터져서 급히 수술을 해야 한단다. '이건 또 무슨 시련인가. 어쩌다 이런 일이...' 오만가지

●● 대를 잇는 상술

감정이 복받치더니 울음이 터지고 말았다. 가해자는 어디 있는지 보이지도 않았고 가해자의 보험회사 직원만이 서류를 들고 바삐 움직이고 있었다. 교통사고의 충격으로 아기가 거꾸로 자리하고 있어 급히 수술을 하지 않으면 둘 다 생명에 지장이 있다고 한다.

"수술이라뇨? 아직도 거의 두 달은 남았는데. 지금 애를 낳으면 칠삭둥이가 뻔한데 아기가 살 수 있단 말이에요?"

"글쎄요. 지금으로선 최선을 다해보는 수밖에 없어요. 하늘에 맡겨야죠."

이건 또 무슨 황당한 소리란 말인가. 혹시 아이를 잃을 수도 있다는 얘기였다. 엊저녁에 나는 머리에 왕관을 쓰고 하얀 눈이 펑펑 내리는 마당에서 발가벗은, 고추가 달린 사내아이를 안고 기뻐하는 꿈을 꾸었다. '아니야. 그럴 리가 없어. 아직도 그 꿈이 이렇게 생생한데. 도대체 이게 무슨 일이란 말인가.'

정신이 없었다. 의사와 간호사들은 나에게 마취주사를 놓았다. 하나, 둘, 셋...

"이제이씨. 축하해요. 아들이에요. 아기가 아주 똘망똘망해요. 정신 좀 차려봐요."

말소리는 들리는데 눈을 뜰 수가 없었다. 워낙 못 먹고 정신적으로 시달린 터라 영양실조에 기운마저 없었고 예상치 않은 조산에 내 몸은 완전히 지쳐 버렸다. 의사가 내 뺨을 톡톡 두드렸다.

"정신 차려요. 눈을 떠봐요. 아기가 태어났어요. 아들이요. 너무 예쁘고 잘생겼어요. 눈을 떠요."

꼭 이대로 죽을 것만 같았다. 수술이 시작되기 전엔 아기가 위험할까봐 은근히 걱정들을 한 모양인데 정작 아기가 아니고 산모가 위험한 지경에 빠졌으니 의사들도 당황한 모양이었다. 바삐들 움직이는 것을 어렴풋이 느낄 수가 있었다. 그리고 또다시 기억이 없다. 얼마나 긴 잠을 잤나. 정말 오랜만에 깊고 긴 잠에 빠졌었다. 눈을 뜨니 의사, 간호사들이 줄줄이 내 옆에 서있었다.

"정신이 좀 들어요? 무슨 잠을 그리도 오래 자요? 아기도 안 보고 싶어요?"

요술의 나라에서 마법이 풀린 공주처럼 나는 마침내 현실로 돌아왔다. 내 옆자리에 누워있는 산모는 딸을 세 번째 낳아서 남편도 시어머니도 병원에 발길조차 않는다며 섭섭해 울음을 멈추지 못했다. 아들을 낳은 나도 찾아오는 사람이 아무도 없는 건 마찬가지였다. 아니 누구에게도 알릴 수 없기에 기쁨도 슬픔도 나 혼자 감당해야 했다. 아기는 정말 귀엽고 예뻤다. 사내아이답게 코가 오똑하고 살결은 비단처럼 부드러웠으며 눈도 또렷했다. 고슴도치도 제 새끼는 예쁘다더니 내 눈엔 세상 누구보다도 잘생기고 소중한 아기였다. 하지만 아기는 인큐베이터에서 남은 달수를 채워야 했다. 일주일이 지난 뒤에야 난 먼저 퇴원을 했고 아기만 병원에 남겨졌다.

생이별

인큐베이터에서 나온 아기는 많은 병치레를 했다. 툭하면 열이 나고 황달기가 가시지 않아 하루가 멀다 하고 황달 치료를 받아야 했으며 또 폐렴기가 있어 하루에도 수십 번씩 나를 놀라게 했다. 아기를 둘러업고 의사를 찾은 날이 셀 수 없이 많으며, 밤이면 밤잠을 설치며 아기 곁을 지키곤 했다. 밤마다 울음을 그치지 않았다. 낮에는 멀쩡하다가도 밤만 되면 열이 올라 나를 당황하게 하기 일쑤였다. 때로는 경기를 해서 눈을 위로 치켜뜨고 얼굴이 하얗게 질리고 먹은 우유를 계속 토해내기도 했다. 이렇게 아기는 끝없이 나를 놀라고 겁나게 했다. 그나마 불행 중 다행인 것은 병원비에 위로금까지 보험회사에서 다 물어주어 금전적으로 그다지 힘들지 않다는 점이었다. 일을 안 해도 생활을 할 수 있을 정도의 보상금도 받았다. 그러나 엄마는 외할머니가 돌아가신지 얼마 되지 않아 나를 찾아볼 수가 없었다. 초상을 치른 뒤에 산모를 보면 부정이 탄다는 한국의 관습 때문에 엄마도 형제들도 친구도 그 누구도 날 찾아주는 사람이 없었다. 상을 당한 터라 신생아가 태어난 집에는 다들 발길조차 할 수 없었다. 나 혼자 어쩌라고...

몸도 마음도 지칠 대로 지쳤다. 사는 것이 너무 힘들고 매사가 짜증스럽고 무기력하게만 느껴졌다. 그리고 미치도록 외로웠다. 이 세상에 혼자만 버려진 느낌이었다. 다행히 세리는 제 외할머니와 함께 있었고 나는 서울 근교에 작은 월세방으로 옮겨 나왔다. 병원에 있는 동안 상을 당했기에 그렇게 할 수밖에 없었다. 난 힘들고 지칠 때마다 약국을 찾아 수면제를 사 모았다. 처음에는 잠을 청할 수가 없어서 시작한 것이 이제는 거의 사십알 넘게 모였다. 불면의 고통을 호소하며 한 달 동안 그렇게 모았다. 언젠가는 필요한 날이 오리라 생각하고...

그리고 그날이 왔다.

너무도 힘겹고 지친 나의 인생을 이제는 끝내야겠다고 생각했다. 그날따라 날씨는 유난히 춥고 바람도 매섭기만 했다. 문을 열고 밖을 내다보았다. 봄이 찾아오기엔 아직도 먼 겨울. 모든 것이 차갑고 모두가 냉랭한 시선으로 나를 바라보는 것 같았다. 거리의 가로수도, 우두커니 서있는 전봇대도...

아기에게 마지막으로 50cc의 우유를 먹였다.

'녀석. 잘도 먹네. 그래. 많이 먹어둬라. 불쌍한 내 새끼. 누군가 너를 발견할 때까지 배고프지 않도록...'

아기를 안아 들었다. 눈에선 하염없이 눈물이 흘러내렸다. 이 세상에 아들과 나 단둘이 버려진 것 같았다. 아기를 꼭 끌어안았다. '못난 엄마를 용서해라. 더이상 희망이 없는 내 인생을 길게 연장해서 비참하게 살고 싶지가 않구나. 엄마 대신 누군가 널 잘 키워주겠지...' 소리 없이 흐르는 눈물은 아기의 뺨을 타고 주르륵 흘렀다. 아기의 눈을 보았다. 티 없이 맑고 순수했다. '잘 자라렴.' 아기를 트림을 시키려 애를 썼으나 아기는 트림을 하지 않았다. 다시 아기를 자리에 누이고 볼에 입을 맞춘 후 수면제를 입속에 가득 털어 넣었다. 육각형의 연한 분홍색 수면제들이 좁은 목구멍을 타고 흘러내렸다.

조금 있으면 나는 아무도 모르게 죽어있겠지. 고통 없이 잠에 든 것처럼...

침대로 가서 드러누웠다. 눈을 감았다. 지긋이.

그 순간 아기가 울면서 먹은 우유를 울컥 울컥 토하기 시작했다. 콧구멍으로 입으로. 아기를 돌려 눕히지 않으면 질식해서 죽을 것 같았다. 나는 얼른 아기를 향해 침대에서 미끄러지다시피 내려와 재빨리 아기를 안고 등을 마구 두드려주기 시작했다. 아기는 먹은 우유를 계속 토해냈다. 그리곤 편안해졌는지 눈을 슬그머니 감더니 잠이 들었다.

'내가 이러면 안 되지.'

정신이 번쩍 들었다. 화장실로 달려갔다. 가운데 세 손가락을 입속으로 쑤셔 넣어 금방 털어 넣은 사십알 남짓한 수면제를 억지로

64

토해내야 했다. 나는 살아야 했다. 아니 드디어 살아야 할 이유를 찾은 것이다. 내가 내 의지대로 낳은, 낳아달라고 하지도 않은 어린 생명을 위해서라도. 나에겐 충분히 살 이유가 있었다. 나는 이 작은 생명을 책임져야 한다.

"웩. 웩... 으윽..."

먹은 게 다 쏟아져 나왔다. 그 틈에 털어 넣은 수면제도 왈칵 쏟아져 나왔다. 다는 아니었겠지만 거의 나온 것 같았다. 그 후 지쳐서인지 아니면 수면제의 남은 성분 때문인지 정신없이 잠에 빠져들었다. 언제 왔는지 엄마가 아기를 안고 우유병에 보리차를 담아 먹이고 있었다.

"그 놈 귀도 잘생겼네. 코도 오뚝하고. 지 애미 어릴 적하고 똑같네. 그래. 얼마나 고생을 했누. 아무도 와보지도 못하고 한 달이 넘도록 사람 구경도 못했을 테니. 불쌍한 내 새끼..."

울음 섞인 목소리로 중얼중얼 하신다. 그 바람에 깊은 잠에서 깨어났다.

"아니, 도둑이 들어와도 모르겠다. 사람 오는 줄도 모르고 마냥 퍼져 잠만 자냐? 갓난애는 거들떠보지도 않고... 네 애미가 정말 몹쓸 사람이구나. 그치? 아가야? 그래. 이름은 뭐라고 지었냐?"

이름... 이름이 뭐였지? 아직 이름도 짓지 못했다. 병원에선 그저 '이제이씨 애기'라고 불렸고 퇴원해서 여태껏 단 한 번도 아가라는 이름 외엔 불러보지 않았다.

"야야. 정신 좀 차려. 뭔 잠을 그렇게 자? 아직도 산독이 안 풀렸어? 어떻게 국밥은 잘 먹고 있는 거야?"

나도 모르겠다. 무슨 일이 있었는데 도통 머리가 멍하다. 엄마는 식혜를 건네주셨다.

"먹고 정신을 차려. 젖을 안 먹이니 식혜를 먹어도 될 거야. 이젠 내가 옆에 있으마. 그동안 혼자서 애 낳고 키우느라 수고가 많았다. 어쨌든 하늘이 허락하신 생명인데 감사히 잘 키워야지. 아유. 그 놈 정말 듬직하게 잘도 생겼네. 아들 아들 타령을 하더니 드디어 아들을 낳긴 낳았네. 축하한다. 늦게나마. 일어나 밥 좀 먹고 정신을 차리고. 이제부터 어떡하든 살아갈 궁리를 해봐야지. 이렇게 쳐져있으면 어떡해? 기운 차려."

그 말을 듣는 순간 정말 이제는 죽을 마음이면 무슨 짓을 못하랴 싶었다.

그래. 마음을 다시 한 번 다잡자. 죽을 각오면 살아야지. 누구 말마따나 '자살'을 거꾸로 돌리면 '살자'라는 글자로 바뀌지 않나. 그 말이 맞다. 그래. 죽지 말고 살자. 열심히 살자. 하늘도 스스로 돕는 자를 돕는다고 하지 않던가. 내 스스로를 다시 돕고 일어나자. 오뚝이같이 넘어져도 또 일어나고. 또 자빠지면 다시 서고. 다시 시작하자.

"이제이 파이팅!"

나는 스스로 외치며 굳게 마음을 먹기로 했다.

환갑을 넘긴 엄마에게 아들 준이를 맡겨야 했다. 그리고 딸 세리 까지도. 다시 한 번 일어나 어린 자식들을 위해서 최선을 다해서 살아남아야 했다.

'세리야. 준이야. 잘 커주어야 한다. 아프지 말고.'

또다시 먼 미국 땅으로 날아가기로 했다. 미래의 꿈을 위해. 나만의 인생이 아닌, 나만의 삶이 아닌 어린 자식들의 미래를 위하여. 난이를 악물고 아픔을 참으며 기나긴 삶의 여정에 올랐다.

American Dream
무작정 GO! 마이웨이

→ **미국에서의 생활 (선생님. 선생님)**

대리엄마 | 어린이 유괴범 | 불의는 못 참아. |
소름 돋는 인터뷰

대리엄마

"밀린 방세에요. 정말 감사했어요."

"이거 다 주면 뭘 갖고 생활하려고 다 줘요?"

"아니에요. 조금은 남아 있어요."

"한국에 있는 애들한테 돈 부치고 나면 뭐가 남겠어요? 그냥 반만 주고 다음 주에 또 조금 끊어줘요."

"아니에요. 어차피 드리려고 마음먹은 건데. 드려야죠."

"그래요. 그럼 잘 받을게요."

밀린 방세를 지불하고 나니 속은 시원했지만 앞으로 살아나갈 일이 막막했다. 이제 내 손에 남은 돈은 15불이었다. 차비는 필요 없으니 괜찮지만 생필품이나 기타 내가 사야 할 물건들이 있어도 그냥 버틸 수밖엔 없다. '어떻게든 견뎌 봐야지.'

●● 미국에서의 생활(선생님, 선생님)

"미스 리. 굿모닝?"

제과점으로 출근을 하니 호산나 아줌마가 반갑게 아침 인사를 건넨다.

"예. 저도 굿모닝이요."

"어째 얼굴이 푸석푸석한 게 잠을 잘 못 잔 얼굴인데. 눈은 왜 그렇게 퉁퉁 부었어? 또 밤새 울었나 보지?"

"아, 아니요... 물을 좀 많이 마시고 잤더니 그런가 봐요."

얼렁뚱땅 둘러댔다. 호산나 아줌마 말이 맞았다. 밤새 울다 잠을 설쳤다. 이런저런 생각들, 아이들 얼굴, 엄마 얼굴 모두가 그립고 비행기 소리만 들어도 미칠 것 같아 창문 밖을 하염없이 내다보며 꼬박 밤을 새웠다. 눈은 퉁퉁 부어 잘 떠지지도 않았다.

"미스 리 안녕?"

큰 소리를 지르며 들어오는 콜택시 기사 아저씨가 말을 건넨다.

"내가 뭐랬어? 그저 여자는 서방님 그늘 아래서 살아야 빛도 좋고 때깔도 난다니까. 어때? 내가 좋은 사람 중매해 줄게. 재혼할 생각 없어? 인물도 반반하고 나이도 한창인데 혼자 살면 안 되지. 내가 아는 좋은 사람 있는데 어디 한번 만나볼래?"

"아니요. 전 생각 없어요."

"그럼 미스 리. 언니나 동생 없어?"

언니나 동생? 짤막한 한마디가 내 심장을 바늘로 콕콕 찌르는 것 같았다. '그래. 나한텐 언니도 있고 동생도 있었지...' 하지만 지금은 아무도 곁에 없다. 잘난 사업인지 뭔지 한다고 큰언니네 작은언니네 아니 막내 남동생까지도 못살게 만든 이 못난 죄인이 무슨 할 말이 있겠는가.

"동생도 언니도 없어요. 전 무남독녀 외동딸이에요. 그러니 다시는 저한테 형제자매 있냐고 묻지 말아요."

냉정하게 딱 잘라 거절했다.

"그럼 미스 리. 맘 변하면 말해. 좋은 남자들은 얼마든지 있으니까."

글쎄. 한국 남자... 이젠 결혼이란 단어조차도 싫다. 나의 목표는 오로지 '성공'이란 단 한 단어뿐이다. 멀리 날아온 이 미국이란 나라에서 난 성공해야 한다. 꼭 멋지게 살아남아야 한다.

우연히 한국 신문을 정리하다가 '몬테소리 교사 구함'이란 광고를 보고 바로 전화를 걸었다.

"교사를 구한다기에 전화 드렸어요."

"그럼 이력서나 한번 가져와 보세요."

잭슨하잇이라는 곳에 위치한, 한국 사람이 경영하는 조그만 놀이방 비슷한 몬테소리 학교였다. 두시에 제과점을 나와 지하철에 올랐다. 그동안 꼼짝도 않고 집과 제과점만 왔다 갔다 해온 터라 길 찾기가 어려웠다. 그럴 줄 알고 제과점에서 같이 일하는 현주한테 주소를 주면서 길을 물어두었다. 지하철에서 내려 입구를 찾아 부지런히 뛰었다. 어, 여기가 아닌데. 그럼 저쪽 건너편? 다시 계단을 올랐다. 아니 여기도 아닌데. 지하철 통로는 한국이나 미국이나 헷갈리기가 매한가지였다. 도대체 그 입구가 그 입구 같고 아무리 눈을 돌려도 건물은 보이지 않았다. 에라 모르겠다. 조금만 걸어내려가보자. 위에는 지하철, 아래는 자동차. 건물 주변에는 별별 지저분한 낙서가 난장판으로 그려져 있었다. 무섭기도 하고 낯설기도 했다. 조금만 더 걷자.

"저기. 한국분이세요? 저는 이 학교를 찾는데요. 혹시 길을 아시나요?"

"예. 바로 저기에요. 노란색으로 스쿨이라고 써놓은 건물 보이죠?"

"예예. 감사합니다."

지나가는 사람에게 길을 물어 드디어 찾았다.

'그런데 이게 학교야? 유치원? 아니면 지하실 창고야?' 안을 기웃기웃하며 비 맞은 돌중처럼 혼자서 한참을 중얼거리고 있노라니 곱슬한 파마머리에 둥그런 안경을 쓴 한국 아주머니 한 분이 안경 너머로 눈을 내리깔며 나를 아래위로 훑어본다.

"댁이 미스 리에요? 교사직을 찾는다는?"

간간이 이해 못 할 영어를 섞어가며 나를 테스트하고 있는 원장선생님이 약간 우스꽝스럽기도 하고 어딘지 모르게 꺼벙하게 느껴지기도 했다.

"그만하면 경력은 된 것 같고. 영어는 좀 하나요?"

"아, 아니요. 알아듣기는 좀 하고 쓰기도 좀 하는데 말은 어쩐지 자신이 없어요."

"그럼 어떻게 아이들을 가르쳐요?"

"닥치면 다 해요. 여태껏 그렇게 살았으니까요."

내 대답을 들은 원장 선생님은 어이가 없다는 표정을 지어 보였다.

"그럼 시작해 봐요. 내일부터."

미국은 참으로 일자리 구하기가 쉽구나. 그저 일하겠다고만 하면 무조건 오케이다.

"그런데 급료는 얼마예요? 시간은 언제부터 언제까지고요?"

이것저것 귀찮을 정도로 물었다. 원장 선생님은 그래도 내가 필요했던지 고분고분 질문에 대답해줬다.

"그런데 참. 영주권은 있어요? 소셜 넘버는? 우리는 교사를 채용하는 거라 신분이 확실치 않으면 안 돼요. 지문도 찍어야 하고."

"네. 저기... 한국에서 온 지 얼마 안 돼서 그런 건 없는데요."

"흠. 그럼 영주권부터 해결해야겠네. 내가 도와줄게요."

아니 이게 웬 떡이야? 나는 미국에서 법적으로 아무 일도 할 수 없는 관광 비자를 받은 신분이었다. 이렇게 고마울 수가.

"그럼 내일 아침 7시부터 일해요. 내일 봐요."

"감사합니다."

드디어 그토록 원하던 직장을 찾았다. 대학에서 유아교육을 전공한 내가 원하던 바로 그 일이었다. 유치원을 나와 다시 지하철역을 향해 걸어가면서 동화에 나오는 헨젤과 그레텔처럼 빵조각은 아니지만 나름대로 이정표를 찍어 놓았다. 생선 가게 그리고 시계를 파는 점포, 신문과 껌 등등을 파는 가판대... 이젠 나름 길이 눈에 익는 것 같았다.

'그나저나 호산나 아줌마에게는 뭐라고 말한담. 당장 그만둔다고 할 수도 없고...'

어쨌든 용기를 내봤다. 제과점으로 돌아와 문을 여는 순간 호산나 아줌마가 반갑게 맞아주었다.

"취직자리 알아보러 갔었다면서. 어떻게 됐어?"

"어어... 어떻게 아셨어요?"

"현주가 말해 주던데. 어쩌면 일을 그만둘지도 모른다고 하면서."

"저기 그게... 그게..."

입이 떨어지지 않았다. 몇 달 동안을 내 가게처럼 이른 새벽부터 문을 열고 너무나 열심히 일해 왔는데. 나는 많이 섭섭했다.

"몬테소리를 가르치는 유치원인데요. 교사가 너무 급한 모양이에

요. 아이들은 많은데 원장 선생님하고 스페니시 여선생 하나가 40
명 넘는 아이들을 가르치고 있나 봐요. 그래서 가능하면 내일부터
나오라고 해서... 하지만 토요일 일요일은 하루 종일 일해드릴 수 있
어요.”

“그래. 그럼.”

흔쾌히 허락해주는 호산나 아줌마가 무척 고마웠다.

“난 미스 리를 처음 볼 때부터 이런 허드렛일 할 사람이 아니라고
생각했어. 무슨 사정이 있겠거니 생각했지. 묻지는 않았지만. 아무튼
잘 됐어. 다른 일도 아니고 아이들을 가르친다니 정말 잘 됐어. 월급
도 우리보단 나을 테고. 축하해요.”

정말 고마우신 분이다. 주말에만 일 할 수 있도록 허락해 주신덕
분에 이젠 나도 두 직업을 가지게 되었다. 아파트로 돌아와 영에게
얘기했더니 그녀 또한 자기 일처럼 기뻐했다.

‘푹 자자. 그리고 내일부턴 지하철에 시달려 출근을 하겠지. 아
참. 돈이라고는 12불밖에 남지 않았는데. 3불은 왕복 차비로 이미
썼고 나머지 이 돈도 지하철 비용으로 써야하는데...’

이런 생각을 하니 좀 긴장이 되긴 했다.

다음날 아침 6시. 들뜬 마음으로 지하철역까지 씩씩하게 걸었다.
뉴욕의 아침은 정말 번잡하다. 많은 사람들이 제각각 밥벌이를 찾아
길을 나선다. 플랫폼에서 지하철을 기다리는 다양한 인종의 사람들

이 마치 개미떼 같아 보였다. 정말 개미만도 못한 삶인가? 아니면 개미보다 나은 인간이기에 이토록 열심히 현실에 부딪히며 살아가기 위해 안간힘을 쓰는 건가? 이 생각 저 생각을 하는 동안 지하철은 벌써 잭슨하잇역에 도착했다. 문이 스르르 열리자 사람들에 의해 떠밀려 나왔다. 뛰는 사람, 종종걸음을 걷는 사람, 사람들을 마구 밀치며 인파를 헤집고 바쁘게 움직이는 사람들 틈 사이에서 숨조차 크게 내쉴 수 없을 정도였다. 지하철역을 빠져나와 지난번 찍어둔 이정표들을 하나하나 지나 유치원에 도착했다. 7시 10분 전. 두 살 반이라는 어린 미란이가 콧물을 흘리며 원장 선생님 손에 매달려 무언가를 달라고 조르고 있었다.

“어. 이 선생님. 어서 와요. 일찍 오셨네.”

내 뒤를 따라 리차드라는 아이와 엄마가 들어왔다.

“이 선생님. 인사드려요. 여기는 리차드 엄마. 여기는 이 선생님이에요. 새로 오셨어요.”

“안녕하세요? 이 선생님이라고 해요.”

갑자기 미스 리에서 이 선생님으로 소리 소문 없이 호칭이 바뀌어 버렸다. 아이를 잘 부탁드린다는 리차드 엄마는 아이를 남긴 채 뒤돌아 보지도 않고 재빨리 사라졌다. 그리고 차이니스 아이, 스페니시 아이, 필리핀 아이 또 몇몇 한국 아이들이 줄을 이어 맡겨졌다. 얼추 40여 명은 되는 듯 했다.

학교라고 할 것도 없는 작은 주택 지하실을 학교랍시고 차려놓은 모양새는 어설프기만 했다. 몬테소리 간판은 걸어놨는데 몬테소리 교구조차 제대로 갖추어져 있지 않았다. 학교라기엔 너무 초라했고 그저 유치원이라고 불릴 정도의 환경이었다. 여기서 나의 '이 선생'으로서의 하루가 시작되었다.

여기저기서 "성생님"을 부르는 소리가 잇따랐다. 몇몇 외국 아이들은 나를 "미스 리"라고 부른다. 귀에 익숙지 않은 탓인지 어른을 아니 선생님을 그렇게 부르는 게 왠지 건방지게 생각되어 상당히 거슬렸다.

"원장 선생님! 왜 코딱지만 한 어린 것들이 어른을 아니 선생님 대접을 제대로 하지 않는 거예요? 미국이라서 그래요? 아니면 교육을 잘못 받아서 그래요?"

"이 선생님은 미국에 온 지 얼마나 됐죠?"

"얼마 안 됐는데요."

"그러니까 잘 모르시는군요. 미국에서는 존칭 대신 미스 리하고 부르던가. 아니면 미스 누구누구하고 이름을 부르죠. 곧 익숙해질 거예요. 그건 그렇고 아이들 간식부터 좀 만들어 줘요."

"간식이요? 어떻게 해야 하는데요?"

원장 선생님은 나를 부엌으로 안내했다.

"여기가 키친이에요. 아침엔 시리얼에다 우유를 타서 주고 점심에는 피넛 버터를 바른 베이글 빵 한 조각을 주면 되고 저녁에는 한국 아이들만 남으니 이 선생이 알아서 해줘요. 아무거나."

"네. 알겠습니다."

부엌은 답답하고 좁은 공간이라 간신히 혼자서 움직일 수 있었다. 아이들 간식거리를 만들어 주기엔 너무 비위생적인 것 같아 우선 정리부터 하기로 했다. 이것저것 옮기고 치우며 정리를 시작했다. "미스 리! 미스 리!" 하고 급하게 부르는 소리가 들렸다. 얼른 밖으로 나와 보니 어린 복주가 교실 바닥에 여기저기 설사를 해 놓았다. 아이들은 소리를 지르며 제각기 코를 움켜쥐고 설사 똥을 피해 뛰어다니고 있었다. 얼른 치워야 했다. 닦고 또 닦았지만 냄새는 가시지 않았다. 겨우 다 치우고 돌아섰더니 이제는 점심시간이 되어 있었다. 혼자서 40여 명의 아이들 점심을 준비한다는 건 쉽지 않았다. 일레인이라는 선생이 있는데 오늘 결근을 했다. 첫날부터 무얼 어찌해야 할지. 혼자서 우왕좌왕 어쩔 줄 모르겠다. 우선 점심을 주고 다시 아이들을 불러 모아 앉혀 놓고는 컬러링북을 복사해 한 장씩 나눠주었다.

"자. 우리 다 같이 색칠할까?"

몇몇의 한국 아이들만 내 말을 알아들을 뿐 외국 아이들은 저들 마음대로 이곳저곳 기웃댔다. 그래. 여기는 미국이지. 영어로 말해야 알아듣지. 여기가 미국이라는 걸 잠깐 잊고 있었다. 우선 아이들을 앉혀야 했다.

"플리이즈 헤브 어 씹!"

손뼉을 두 번 치자 아이들이 자리에 앉았다. 됐다. 내 말을 알아듣는구나. 그다음은 뭐라고 하지?

"렛츠 두 잇!"

아이들이 "렛츠 두 잇 왓?" 하고 되물었다.

"두 잇 컬러링북!"

아이들은 낄낄 웃으며 눈치껏 크레파스를 집어 들고 색칠들을 하기 시작했다. 당황하고 부끄러운 나는 더이상 무슨 말을 해야 할지 생각이 나지 않았다. 한국말 반 영어 반 더듬더듬 섞어가며 말을 했지만 아이들은 도무지 주의를 기울이지 않았다. '어쩐담...'

나는 배운 지식을 다 동원하여 열심히 가르치려고 애를 썼다. 나름대로 아이들 가르칠 교재를 준비하느라 밤을 새고 쥐꼬리만 한 월급을 털어가며 또 교재를 사들이고 아이들을 위한 캔디와 과자 등 간식도 준비했다. 그런대로 보람이 있었다. 한국에 두고 온 내 어린 자식들을 생각하며 더더욱 열심히 아이들을 돌보았다.

그러던 어느 날, "미스 리! 미스 리!" "엑시던트!" "빅 프라블름!" "허리 업!" 아이들이 숨넘어가는 소리로 야단법석이 났다. 어린 토니는 큰 눈을 더 크게 뜨며 내 손목을 잡아 이끌었다. 사실 오늘따라 감기가 심하게 걸린 복주와 차이니스 걸 네나에게 시간 맞춰 약을 먹여야 하는 바람에 정신을 다른 곳에 쏟을 수가 없었다. 약을 제때 먹이지 못하면 열이 심하게 오르고 토하기를 반복하기 때문이다. 이 아이의 엄마도 혼자서 애를 키우며 아침 일찍부터 저녁 늦게까지 돈을 벌어야만 겨우 아이의 유치원비를 내고 집세를 내며 근근이 살아 갈 수 있다는 걸 알기 때문에 더욱 마음이 쓰였다. 그렇게 정신없이 보내고 있는데 이건 또 무슨 날벼락이란 말인가?

"왓? 왓즈 해프닝?"

"빅 프라블름!"

나는 토니의 손에 이끌려 밖으로 뛰어 나왔다. 내가 가장 귀엽게 여기는 리차드가 쇠 난간 사이에 머리가 낀 채 새파랗게 질려 울고 불고 발버둥을 치고 있었다. 유치원이 사용하는 이 건물과 바로 옆 건물 사이에 조그만 틈이 있는데 그곳에는 가시덤불과 온갖 잡풀이 무성하게 자라있고 아이들이 던진 쓰레기들도 그대로 방치된 지저분 한 공간이었다. 아이들이 이 낭떠러지로 떨어지지 않게 울타리를 만 들고 그 사이를 쇠로 칸칸이 쳐 보호막을 해 두었는데 장난꾸러기 리차드가 그곳에서 장난감 하나를 발견하고 그걸 주워보려고 머리를 디밀어 넣은 것 같았다. 몇몇 아이들은 리차드를 따라 같이 울고 몇 몇 아이들은 겁에 질려 소리를 질렀다.

'아니 일레인 선생은 어디 간 거야? 오늘은 놀이터 담당이 일레 인 선생이고 나는 아이들 간식과 아픈 아이 보살피는 담당인데. 이 사람 어디 갔지?' 난 몹시 당황해서 어떻게 해야 할지 몰랐다. 그래 도 리차드는 한국 아이라 내가 한국말을 하면 비교적 잘 알아듣는 편이었다.

"리차드. 울지 마. 선생님이 곧 꺼내줄게. 잠깐만 참아. 괜찮아."

우선 나는 아이를 진정시켰다. 그리고 아이들을 시켜 물과 사탕을 가져오게 했다. 먼저 물을 마시게 해 진정을 시키고 막대사탕을 쥐어주며 아이를 달랬다. 사탕을 손에 쥔 리차드는 조금은 마음이 진정되었는지 울음을 멈췄다.

"선생님. 나 나갈래요. 꺼내줘요."

힘없는 목소리로 간절히 애원을 했다.

이럴 땐 어찌해야 하나. 이 어린 것을 위해 내가 뭘 해줘야 할까. 일레인은 아마도 경찰서로 뛰어간 듯 했다. 학교 옆 담을 돌아나가면 자그마한 경찰서가 있는데 무슨 사소한 일이라도 생기면 그녀는 그곳으로 어김없이 줄행랑을 친다. 나는 쇠창살에 낀 채 꼼짝 못하는 아이의 머리를 조심스럽게 움직여 난간 저 끝 쪽으로 밀어내 낭떠러지 쪽으로 빠져나가게 했다. 그리고 다시 반대쪽으로 머리를 밀어 넣어 보려고 시도했다. 그러자 아이는 놀랐는지 자지러지게 울었다. 목은 가늘어서 난간 사이에 끼어도 질식하지는 않겠는데 머리통이 도무지 나오지를 않는다.

"리차드. 살살 머리를 움직여서 나와 봐. 착하지. 할 수 있어."

아이를 다시 달랬다. 허사였다. 그렇게 무려 삼십분 가까이 흘렀다. 미국에서는 응급 신고 번호를 한국의 119를 거꾸로 한 911이라고 한다. 일레인이 911을 부른 모양이다. 소방차, 경찰차, 구급차까지. 난리도 아니었다. 도착한 그들은 큰 기계를 내리더니 쇠창살을 잘라야 한다고 했다. 그 말을 듣고 놀란 리차드는 자기 목을 벤다는 줄 알았는지 전보다 더 크게 울어댔다. 911에서 나온 구급대원들은 모두 일곱 명쯤 됐다. 그들 또한 아이 울음에 당황했는지 어쩔 줄 모르고 이리 뛰고 저리 뛰고 요란을 떤다.

'아차. 그러면 되겠다.' 갑자기 퍼뜩 좋은 아이디어가 떠올랐다. 아이를 낳을 때 사람들이 머리만 나오면 다 나온 거라고 하지 않던가. 내가 어릴 때 수박서리를 하다가 붙잡힐 뻔해서 숨는다고 개구멍 같은데 들어가긴 했는데 나올 수가 없어서 무척 고생을 한 적이 있다. 그때 할머니가 하신 말씀이 생각났다. "머리만 나오면 몸은 저절로 딸려 나와. 구덩이를 더 팔 필요도 없어. 머리가 나올만하니까 들어간 거고 나올 수도 있어. 살살 머리를 내밀고 몸을 움직여 빠져나와 봐." 어린 맘에 지푸라기라도 잡는 심정으로 머리를 내밀고 몸을 움직여 그 구덩이에서 빠져나온 적이 있었다. 그렇다. 머리만 나오면 된다.

"리차드. 선생님이 손 잡아줄게. 몸을 저쪽으로 움직여서 빼내 봐."

아참! 난간 저쪽은 낭떠러지였다. 아이가 설령 몸이 빠져나간다 해도 낭떠러지 밑으로 떨어져 버릴 것이다. 별다른 방법이 없었다. 난간을 잘라 아이 머리통을 학교 안쪽으로 나오게 하는 수밖에. 나는 바삐 이러 저리 재어보았다. 난간을 넘어 낭떠러지 쪽으로 넘어가서 아이 몸을 내 쪽으로 빼내는 수밖에 없다. 그런데 공간이 충분치 않아 발을 딛고 서기엔 너무 좁았다. 하지만 내가 난간을 붙들고 서서 아이를 넘겨주고 누군가 저쪽에서 아이를 받아만 준다면 해결될 수 있을 것 같았다. 우선 물불 가릴 거 없이 난간을 넘어 돌이 삐죽 튀어나온 곳을 가만히 디뎌보았다. 내 몸을 유지할 정도는 되었다. 그래도 혹시 모르니 한 손은 난간을 꽉 잡고 있어야 했다.

"리차드. 선생님이 손을 잡아줄 테니 몸을 옆으로 비틀어서 비스듬하게 살살 빠져나와봐. 할 수 있어. 착하지. 그럼 선생님이 로봇 사줄게. 알았지? 만화영화에서 본 로봇 생각나지? 그거 사줄게."

리차드는 장난감을 받을 욕심에서인지 빠져나오려고 열심히 노력했다. 몸을 옆으로 비스듬히 틀었다. 난간 저쪽 편에 서있던 원장 선생님이 내가 뭘 유도하는지 눈치를 챈 모양이다. 아이를 번쩍 안아들더니 다리를 옆으로 모아 틀어서 내 쪽으로 밀어 넣었다. 마침내 아이가 빠져나왔다. 그러나 다시 아이를 저쪽 편으로 넘겨줄 일이 남았다. 내가 서있는 곳은 낭떠러지 쪽이라 안전하지 않았다. 한동안 실랑이를 벌인 탓인지 내 팔목과 손목에는 힘이 없었다. 한 손으로 아이를 내 옆구리에 끼고 난간 위로 넘겨줘야 했다. 마침 911 대원들이 손을 뻗어 아이를 받았다. 그런데 아이를 무사히 넘겨주자 그동안 잘 버텨주던 흙들이 우르르 무너지면서 낭떠러지로 떨어져 내렸다. 덕분에 나는 나뭇가지에 걸려 턱이 찢어져 피가 주르륵 흘렀다. 다행히 청바지를 입고 있어서 살갗에는 별다른 상처를 입지 않았다. 어쨌든 어린 아이가 떨어졌더라면 크게 다쳤을 텐데 그래도 어른이라 큰 사고는 면할 수 있었다.

911 대원들이 줄사다리를 아래로 내렸고 나는 사다리를 잡고 올라왔다. 언젠가 도봉산으로 등산을 갔을 때 절벽 위로 줄을 타고 기어오르던 등산객들을 본 것이 생각났다. 그들도 이런 묘한 기분이었

을까? 아무튼 사다리를 기어올라 다시 난간을 넘어 학교 쪽으로 발을 내딛는 순간 40여 명의 어린 아이들과 원장 선생님, 일레인, 그리고 911 대원들 모두가 나를 향해 "굿 잡!" 하며 박수를 쳤다. 기쁘기도 하고 뿌듯하기도 했다. 피가 줄줄 흐르는 턱을 손으로 감싸 쥐고 화장실로 들어갔다. 흙으로 범벅이 된 셔츠와 바지 그리고 얼굴도 대충 물로 씻었다. 그리고 밖으로 나와 밴드를 찾았다. 일레인이 준비해 두었던지 냉큼 내손에 건네주었다. 대충 약을 바르고 밴드를 붙였다. 쓰리고 따가웠지만 놀란 리차드에 비할까. 리차드는 눈물을 글썽이면서 막대사탕을 입에 문 채 내게 달려와 매달렸다. "이 선생님!" 하고 내 바짓가랑이를 붙잡는다. 나 또한 눈물이 글썽거렸다. 우리 어린 준이를 한국에 두고 온 죄로 난 아이들에게 더욱 사랑을 베풀었고 특히 리차드에게는 남다른 정을 느꼈었다. 나는 아이를 꼭 끌어안았다. 그리고 머리에 입을 맞추었다.

"리차드. 많이 놀랐지?"

네, 라고 대답을 한 아이는 지쳤는지 어느새 내 품에서 잠이 들었다. 조막만한 얼굴에는 여기저기 시퍼렇게 멍이 들어있었고 먹다 남은 사탕은 손에 꼭 쥔 채 울음의 여운이 남아있는지 이따금씩 '흐흑' 하고 잠결에 흐느꼈다.

낮잠 자는 시간. 아이들은 모두 지쳤는지 코를 골며 정신없이 낮잠에 빠져들었다. 나 역시 많이 놀라고 긴장했었는지 몸이 나른하고 피곤했다. 30분 후엔 다시 아이들의 간식을 준비해야 한다. 이곳엔 그래도 나름대로 규칙이 있고 시간표가 있다. 아침 7시에 부모의 손에서 떠맡겨진 아이들은 7시 30분이면 간단하게 시리얼에 우유를 탄 아침 식사로 하루를 시작한다. 8시에는 텔레토비라는 TV 프로그램을 시청하고 그 이후엔 각자 책상에 앉아 책을 읽던가 만들기 클래스로 넘어간다. 그리고 몬테소리 교구랍시고 갖다놓은 단춧구멍 끼우기 틀이나 신발 끈 매기 틀, 숫자 세는 틀들을 각기 가지고 놀다 보면 서로 갖겠다고 싸우고 울고. 그러다 보면 금방 무용 시간과 점심시간, 낮잠 자는 시간, 간식 시간, 컬러링 시간, 다시 노는 시간... 그렇게 하루 일과를 보내다 보면 어느덧 오후 6시. 절반의 아이들은 부모들의 손에 이끌려 다시 집으로 돌아가고 나머지 절반의 아이들은 언제 올지 모르는 부모들을 지루하게 기다려야 한다. 아이들이 모두 집으로 돌아가면 맨 마지막으로 복주와 리차드가 남는다. 이 아이들의 부모는 보통 오후 8시가 다 되어야 아이들을 찾아갔다. 그만큼 학교에 돈을 더 내는 모양이었다. 아무튼 남은 두 아이를 위해 밥에 김을 돌돌 말아 주거나 라면을 멀겋게 끓여 둘로 나눠 주거나 그것도 아니면 빵집에서 팔다 남은 베이글 같은 걸 얻어다 버터를 발라 구워서 우유와 함께 주고 수프를 만들어 줄 때도 있었다. 원장 선생님은 워낙 알뜰한 성격인지 짠돌이 성격인지 도무지 아이들에게 투자를 하지 않았다. 빵은 옆 동네 빵집에서 팔다 남은 걸 공짜로 얻어다가 먹였다. 뉴욕의 빵집 규칙은 팔다 남은 빵은 그날 버리던지 누굴 주던지 아무튼 다음날 다시 팔 수 없단다. 그래서 그런지 내가 일하던 호산나 제과점에서도 저녁이면 "미스 리. 빵 가져가요" 하는 바람에 잔뜩 가져다가 이웃 멕시칸들과 나눠 먹은 적도 가끔 있었다. 워낙 경력이 많은 호산나 아줌마라서 그날그날 팔 물량을 딱 맞게

87

만들긴 하지만 때로 날씨라도 나쁜 날이면 조금씩 남기도 했다. 그러면 일하는 종업원들과 아르바이트생들이 서로 다투어 제 몫을 챙겨 집으로 가져간다. 남은 빵이라고 해도 호산나 아줌마의 빵은 정말 맛있고 신선했다. 그런데 이 원장 선생님이 들고 오는 빵들은 아이들에게 먹이기엔 너무 딱딱했다. 가끔씩은 곰팡이가 여기저기 핀 게 눈에 띄기도 했고 냄새가 나서 아이들에게 먹일 수가 없었다. 때로 빵집 주인이 다음날 몰래 팔아보려고 했다가 못 팔아 결국 원장 선생님의 손에 쥐어져 학교로 들여지기도 했다. 그때마다 나는 원장 선생님이 원망스러웠다. 이 아이들이 자기 아이라도 그럴 수 있었을까? 엄마들이 자기 아이를 맡길 때는 같은 한국 사람, 아니 나이도 지긋하니 할머니처럼 자상하게 보살펴 줄 것이란 믿음으로 맡기지 않았을까? 그리고 가끔씩 엄마들로부터 받은 신선한 과일과 선물 꾸러미들은 평소 행동도 느린 원장 선생님이 어느새 집으로 가져간 것인지 너무도 잽싸게 없어졌다. 도무지 흔적을 찾아볼 수 없이... 아이들에게 간식으로 먹이라고 엄마들이 없는 돈에 사온 걸 텐데. 어떤 때는 다 시들어빠져 퀴퀴한 냄새가 나는 사과와 귤, 자몽 등이 아이들 몫으로 주어졌다. 아무튼 이것이 미국 부모들의 삶의 현장이고 아이들의 현 주소이자 평범한 하루의 모습이다. 그나마 이 아이들은 행운이다. 하루 종일 기다렸다가 저녁엔 부모들을 만날 수 있고 집으로 돌아가 부모와 함께 응석부릴 시간이라도 있으니. 물론 다음날이면 새벽같이 다시 이 유치원에 맡겨지지만 말이다.

어린 준이가 보고 싶다. 세상에 태어난 지 불과 몇 개월밖에 되지 않은 내 어린 아들이 눈에 아른거린다. 또다시 눈시울이 붉어졌다.

아, 한 번 품에 안아보고 싶다. 한 번만! 제대로 이름도 불러보지 못했는데. 그래도 우리 세리는 젖이라도 물렸지만 어린 아들 준이는 엄마 얼굴조차 모를 텐데...

"아가, 보고 싶다. 정말 보고 싶다! 조금만 기다려. 엄마가 곧 찾으러 갈게. 조금만 참아. 꼭 약속할게."

자식을 두고 온 죄책감과 그리움에 가슴을 찢어가며 그렇게 나는 하루하루를 보냈다.

어린이 유괴범

　파김치가 되어 아파트에 들어갔다. 오늘은 재수가 억세게 없는 날인가 보다. 지치고 피곤한 몸과 마음을 따뜻한 나만의 공간에서 잠시 달래려고 했는데 그마저도 수포로 돌아갔다. 오늘따라 아파트 수도 파이프가 터져서 물은커녕 히터까지도 작동을 하지 않는단다. 아파트 주민들이 웅성웅성 난리도 아니었다. 어떤 스페니시 여자는 갓난아기를 안고 로비에 내려와 앉아서 경비를 향해 소리를 질러댄다. 그 광경을 뒤로한 채 엘리베이터로 향했다. '아 참. 전기도 끊겼지.' 계단으로 올라가야 했다. 남들이 볼까 상처 난 턱을 손바닥으로 눌러 가리고 비상구 계단을 통해 영의 집 문을 두드렸다. 영의 딸 란이가 문을 열어주었다.

　"이 선생님 왔어요?"

　언제부턴지 란이는 나를 이 선생님이라고 바꿔 부르기 시작했다.

아이는 나를 반기며 "이 선생님. 엄마 없어요. 엄마 늦게 온대요. 손님이 많대요. 나 고파요. 배" 하고 어떻게 한국말을 해야 할지 잘 몰라 횡설수설 생각나는 대로 말한다. 그도 그럴 것이 학교에 가면 아이들과 선생님 모두 영어를 쓸 테고 집에 오면 부모들은 다 늦게 들어와 아이들과 한국말로 대화 할 시간조차 없으니 한국말이 서툴 수밖에.

"란이야. 어쩌지? 선생님도 제과점으로 일을 하러 가야 하는데."

오늘은 제과점으로 아르바이트를 가는 날이다. 그나마 유치원과 제과점 일하는 시간 사이에 한 시간 정도 여유가 있어서 잠시 낮잠이라도 좀 잘까 하고 왔더니 그마저 틀린 모양이다.

"란이야. 나가자. 옷 입어."

내복 바람으로 있던 란이는 신이 난 듯 옷을 주섬주섬 챙겨 입었다.

"선생님 일하는데 같이 가자. 그 대신 조용히 있어야 돼."

"네!"

명랑하게 대답하는 란이의 손을 잡고 아파트 비상계단을 내려와 제과점으로 향했다. 오늘따라 제과점이 유난히도 바쁘다. 아마도 아파트 주민들이 끼니를 해결하고자 빵을 사러 왔나보다. 평소보다 조금 일찍 도착했는데 호산나 아줌마는 "미스 리. 왜 이렇게 늦게 와?" 하고 소리를 지른다. 갑자기 들이닥친 손님들에 일손이 모자라서 짜증이 난 모양이다.

"아유. 죄송해요. 제가 사는 아파트에 수도 파이프가 터져서 난리가 나는 바람에..."

"그래도 그렇지. 일하는 시간을 지켜야지. 다음부터 조심해."

쌀쌀맞고 냉정하게 잘라 말한다. 난 출근시간보다 30분이나 일찍 왔는데 뭘 착각하고 있는 건가 싶었지만 시시비비를 가리고 있을 때가 아니었다. 우선 나는 어린 란이의 배부터 채워줘야 했다. 한구석에 곰보빵 부스러기가 수북이 쌓여있는 쟁반이 눈에 띄었다. 한 움큼을 집어 아이 손에 쥐어주며 우선 이걸 먹고 있으라고 했다. 그리고 갑자기 밀어닥친 손님들을 상대했다. 그런데 란이가 급하게 먹다가 빵 부스러기가 목에 걸렸는지 심하게 캑캑대고 있었다. 보리차를 따라다 먹이고 돌아섰는데 마침 커피를 사서 들고 나가던 손님 하나와 부딪혀 커피가 엎질러져 내 손에 쏟아졌다. 다행히 손님에게 피해는 없었다.

"조심해야지. 이게 뭐야. 손님한테."

그걸 본 호산나 아줌마가 화를 냈다. 손님은 오히려 무안한 듯 나에게 사과를 했다.

"미안해요. 내 실수예요. 커피를 두 손으로 잘 쥐고 있었으면 괜찮았을 텐데. 손에 다른 걸 많이 들고 있어서. 정말 미안해요. 괜히 나 때문에 꾸중 듣게 해서."

"아뇨. 괜찮아요. 내 잘못도 있는데요 뭐. 잘 보고 뒤로 돌아서야 했는데."

"뒤에 눈이 달린 것도 아닌데 어떻게 잘 보고 뒤로 돌아서요."

손님은 웃으며 나를 달래줬다. 그리고 다시 담아준 커피를 받아 들고 재빨리 제과점을 나갔다.

뜨거운 커피가 쏟아진 손이 어찌나 쓰라리던지. 갓 내려놓은 커피라 아주 뜨거운 커피였는데. 손등이 벌겋게 부어올랐고 쑤시기 시작했다. 하루 종일 유치원에서 아이들에게 시달리고 더구나 오늘은 리차드 때문에 난간을 하염없이 붙잡고 있었던 탓인지 손에 힘조차 없었다. 그런 손에 뜨거운 커피 벼락까지 맞았으니 여린 살갗이 온전할 리 없지. 그래도 너무 바빠 아픈 손을 후후 불어가며 손님들에게 빵을 팔았다. 그 바람에 란이 엄마에게 란이가 나와 함께 있다고 전화한다는 걸 깜빡 잊고 말았다. 오후 8시가 되어서야 퍼뜩 생각이 나서 란이 엄마가 일하는 네일살롱에 전화를 했더니 란이 엄마는 6시 쯤 퇴근했단다. 이걸 어쩐담? 다시 집으로 전화를 걸었다. 아무도 전화를 받지 않았다. 내가 일을 마치려면 아직도 한 시간은 더 남았는데 이걸 어쩌지? 뒷정리까지 마치고 나면 거의 밤 열시는 될 텐데 큰일이었다. 집에 가본다고 할 수도 없고. 란이는 빵 부스러기를 좀 먹더니 배가 불렀는지 창가 구석 의자에 앉아 꾸벅꾸벅 졸고 있었다. '괜찮을 거야. 늦게 온다고 했으니 아마 어디 들렀다 집으로 가겠지.' 나 스스로를 안심시키고 다시 일을 했다. 일이 모두 끝나 제과점 문을 닫고 뒷정리를 한 후 잠에 빠진 란이를 업고 터덜터덜 걸어서 아파트로 돌아왔다. 오늘따라 이 거리가 왜 이리도 멀게만 느껴지는지. 등에 업힌 란이 때문인가?

미국에서의 생활(선생님. 선생님)

아파트에 막 도착했는데 아파트 앞에 경찰차가 와있었다. 경찰관과 몇몇 주민들 그리고 아파트 경비까지 모여 웅성대는 걸 보니 뭔가 사건이 난 모양이었다. 한 한국인 아저씨가 나를 보더니 "저 여자 오네!" 하고 소리를 질렀다.

"무슨 일이에요?"

영문을 모르는 내가 물었다. 그런데 군중 속에 있던 란이 엄마가 날 보더니 기겁을 하며 달려 나왔다.

"미스 리! 도대체 뭐 하는 여자야? 우리 애를 어쩌려고 그랬어?"

아니 이게 무슨 마른하늘에 날벼락 같은 소리지? 자기 애를 내가 어쩌다니?

"영. 그게 무슨 소리에요?"

란이 엄마에게 되물었는데 경찰관이 다가왔다.

"왓즈 유어 네임? 왓 유 디드? 웨얼 디주 고?"

쉴 틈도 없이 이것저것 캐묻는데 나는 당황도 했지만 상황을 설명할 수도 없었다. 이 일을 설명할 수 있을 만큼 내 영어는 유창하지 못했다.

"저어.. 저기..."

한국말만 자꾸 튀어나올 뿐 영어 단어도 문장도 아무것도 생각나지 않았다. 겁에 질린 두 눈에 눈물이 글썽거리는 걸 본 흑인 경비가 뭔가 대신 설명을 하는 듯 했다.

94

"빨리 집으로 올라가!"

영이 말했고 경찰관이 내미는 서류에 사인을 했다. 그래도 영이 나보다 미국에 오래 살아서인지 짧은 영어라도 조금 해서 경찰관은 그 말을 알아들은 듯 했다. 그렇게 경찰관은 돌아갔다.

나는 아이를 업은 채 계단을 터덜터덜 걸어 올라갔다. 불이 들어온 걸 보니 엘리베이터가 작동을 하나보다. 그러나 이미 거의 다 올라온 후였다. 한 계단만 더 올라가서 비상구 문을 열면 영이 사는 집 문이 나온다. 문을 열고 들어서는데 이번엔 영의 남편이 대뜸 소리를 질렀다.

"저 여자 내보내! 이거야 원. 불안해서 살 수가 있나!"

어쨌든 아이가 내 등에 업혀있으니 소파 위에 내려놔야 했다. 아이를 눕히고 말했다.

"영. 미안해요."

더이상 변명도 설명도 할 수 없어 복받치는 설움에 내 방으로 들어가 베개로 입을 틀어막고 통곡하며 울었다.

내가 무슨 잘못을 했나? 내가 왜 이런 취급을 받아야 하지?

무엇 하나 되는 일 없는 오늘 하루. 정말 힘들고 긴 하루였다. 그렇게 얼마나 울었을까. 울다 지쳐 피곤에 지쳐 깜빡 잠이 들었다. 몇 시나 됐을까? 비행기 지나가는 소리에 잠을 깬 눈을 떠보니 시계는 4시 반을 가리켰다. 토요일 새벽이었다. 커피에 데인 손등은 벌겋게 부어올라 있었고 군데군데 물집이 잡혀있었다. 약이라도 발랐어야 했는데 그럴 여유나 시간도 없었다. 손등은 점점 더 쑤시고 아렸다. 내 처지가 너무나 초라하고 비참하게 느껴졌다. 하늘은 알겠지. 내 마음을.

다시 옷을 주워 입고 제과점으로 출근을 했다. 오늘은 토요일. 유치원은 휴무지만 제과점에 5시까지 나가서 문을 열어야 한다. 어제 하루 동안 벌어진 모든 일들이 꿈속에서 일어난 일인 것만 같다. 나는 다시 씩씩하게 오늘을 시작해야 한다. 그래야 나와 우리 아이들의 미래가 열릴 테니.

'힘내자. 파이팅!'

살금살금 아파트를 빠져나와 다시 새벽길을 걸었다. '괴로워도 슬퍼도 나는 안 울어. 참고 참고 또 참지 울긴 왜 울어. 웃으면서 달려가자 푸른 들을. 푸른 하늘 바라보며 노래하자…' 흥얼흥얼 어릴 적 본 만화영화 '캔디'의 주제가를 부르며 난 또 다시 하루를 시작한다.

제과점에 도착해 문을 열고 장사 준비를 했다. 손등은 아까보다 더 쑤시기 시작했다. 그래도 견뎌야 한다. 이건 고생도 아니라고 스스로를 달랬다. 점심나절이 되자 호산나 아줌마가 나왔다.

"미스 리, 어젠 정말 미안했어. 타임카드를 보니까 30분이나 일찍 왔던데 난 미스 리가 늦게 온 줄 알고 난리를 쳤잖아. 이런 주책바가지가 다 있나."

호산나 아줌마는 미안해하며 멋쩍은 듯 웃었다.

"괜찮아요. 그럴 수도 있죠, 뭐."

"오해 없길 바라."

"괜찮다니까요. 걱정 마세요."

"그나저나 어제 손을 많이 데지 않았어?"

이제야 생각이 났다는 듯이 걱정하는 투로 물었다.

"조금 데었는데 괜찮겠죠."

그러나 사실은 전혀 괜찮지 않았다. 마음 같아서는 면박을 주면서 시간도 제대로 보지 않고 애꿎은 사람을 왜 구박했냐고 냅다 소리라도 지르고 싶었지만 그럴 처지가 아니었다. 참는 자에게 복이 오나니…

살그머니 가게를 빠져나갔던 호산나 아줌마의 손에는 바셀린 거즈와 붕대가 들려 있었다. 그리고 6시간마다 먹으라며 네 알의 마이신도 건네주었다.

"이러시지 않아도 돼요. 금방 나을 텐데요, 뭐."

"아냐. 그래도 발라. 그리고 약도 꼭 먹고. 데인 상처는 오래가."

어제랑 다르게 지나친 친절에 살짝 당황했다. 그래도 인정은 있는 사람이었네. 아니면 손 때문에 일을 못할까봐 걱정이 되었던지. 어쨌든 호의는 고마웠다.

오늘은 어제와 달리 가게가 비교적 한가했다.

"7시쯤 지나면 들어가. 우리 애 아빠가 가게 문을 닫을 거야. 손도 아픈데 일찍 들어가서 쉬어. 그래야 내일 또 일 하지."

맞다. 나에겐 쉬는 날이 없었다. 일요일도 문을 여는 이 제과점은 오픈한 뒤로 단 한 번도 문을 닫은 적이 없단다. 지독하다고 소문난 아시아 민족이지만 과연 대단한 장사 욕심이었다.

불의는 못 참아.

시계는 새벽 2시를 가리킨다. 걱정이 많아서인지 잠도 오지 않는다. 이 궁리 저 궁리에 머리가 터져나갈 것 같았다. 이대로 내 머릿속의 톱니바퀴가 멈춰 버렸으면. 더이상 생각할 수도, 아니 할 필요조차 없었으면. 물론 그저 희망사항일 뿐이다.

당장 어디로 옮겨나가야 하나. 길 잃은 기러기도 제 집을 찾아 날아가고 제비도 터를 찾아 보금자리를 마련하는데 인간인 나는 갈 곳도 찾을 곳도 없이 남의 나라에서 떠돌아야 하다니. 내일은 어디로 또 그 다음날은 어디로 가야하나. 정처 없이 발길 닿는 데로 헤맬 수만은 없는 일이다. 당장 날이 밝으면 짐을 챙겨 이 아파트를 나가야 한다. 주인아저씨의 말이 가시가 돋친 듯 내 심장을 파고들었다. "저 여자 당장 내보내!" 그래. 내 발로 나가자. 보따리가 내던져지고 언성이 높아지기 전에.

●● 미국에서의 생활(선생님. 선생님)

　주섬주섬 가방을 쌌다. 별달리 가진 게 없어서 챙길 것도 없었다. 방세를 3일치 더 지불해뒀기에 아직 3일 정도는 더 있을 수 있었다. 그러나 사람 취급을 하지 않는 이 집에 더이상 머물고 싶지 않았다. 살금살금 거실을 지나 현관문을 빠져나왔다. 간단한 쪽지 한 장을 남겨 놓았다.

　"영. 그동안 정말 고마웠어요. 오갈 데 없는 나를 받아주고 머물 수 있게 해준 은혜 잊지 않을게요. 방세는 이미 다 치렀으니 홀가분한 마음으로 떠납니다. 고마워요! 아이들에게 인사 전해줘요. 기회가 있으면 또 보겠지요. 그럼..."

　든 것도 없는 가방은 왜 이렇게 무거울까. 이 가방을 어떻게 처리한담. 일단 제과점 지하실에 갖다 둬야겠다. 가는 날이 장날이라고 유난히 일찍 여는 제과점에 아무도 없다. 불빛조차 비치지 않는다. 오늘은 누가 일하는 날이지? 아무도 안 나오나? 비 맞은 돌중처럼 혼자 중얼거리며 서있는데 지나가던 미국 거지가 나를 보고 말을 건넨다.

　"너 갈 데 없어? 남편하고 싸워서 쫓겨났어? 안됐네. 저 위에 있는 모퉁이 끝 골목 사이에 내 움막이 있어."

　거지가 말한 저 위 모퉁이 끝에 집과 집 처마 사이에 거적을 깔고 그 위에 박스를 대충 얹어 아늑하게 꾸며놓은 작은 움막을 지나쳐 걸어갔던 것이 생각났다. 아마도 거기가 이 미국 거지의 집인가 보다. 그래, 네가 나보다 낫다. 난 엉덩이 붙일 장소조차 없으니.

100

이런 생각을 마치자 어쩐지 무섭기도 해서 더이상 그자의 말을 받아줄 수 없었다. 말을 거는 그를 무시한 채 차도로 내려서서 택시를 잡는 척했다. 내 등 뒤에서 누군가 나를 불렀다.

"미스 리. 어디 가?"

얼른 뒤돌아 소리 나는 쪽을 보았다. 제과점에서 일하는 박씨 언니였다. 셔터문을 드르륵 올리고 있었다.

"이 새벽에 어딜 가? 들어와서 커피나 한잔 마시고 가. 급하지 않으면."

나는 못 이기는 척 따라 들어갔다. 박씨 언니는 얼른 커피를 내리며 또 꼬치꼬치 묻기 시작했다. 나는 대답 할 기분이 아니었지만 그렇다고 대답을 안 할 수도 없었다.

"집을 좀 옮겨볼까 하고요."

"왜, 쫓겨났어?"

"아니요. 한국에서 남동생이 온다나 봐요. 주인집에. 그래서..."

더이상 말을 이을 수가 없었다.

"언니 이 가방 좀 지하실에 맡겨놓으면 안 될까요? 방 구할 때까지만요."

"그래. 그게 뭐 어렵니. 그냥 내려다 놔. 그리고 신문지로 덮어놓으면 주인 언니도 모를 거야. 거긴 하도 뭐가 많으니까. 그나저나 빨리 방을 구해야 할 텐데. 어떡하니."

"금방 구해지겠죠. 고마워요."

큰 가방을 질질 끌어 지하실로 내려다놓고 유치원으로 출근했다.

오늘따라 지하철이 유난히 복잡하다. 간신히 문 옆쪽에 자리를 잡고 앉았다. 조는 둥 마는 둥 눈을 감았다 떴다 하는 동안 몇 정거장이나 지났을까. 건너편에 앉은 사람들의 머리와 옷자락이 빽빽이 선 사람들 틈 사이로 보였다 말았다 했다.

"어머, 저게 뭐야? 저... 저 애 좀 봐. 뭐하는 거야."

나도 모르게 주절주절 떠들었다. 내 눈을 잠시 의심했다. 내가 잘못 봤나? 아님 저 애들이 장난을 치는 건가. 이 황당한 시추에이션은 뭐람? 머릿속에서 생각이 엇갈리는 사이 갑자기 한 백인 여자의 비명소리가 들렸다. "아악! 내 지갑! 내 지갑이 없어졌다!"

밀폐된 공간에서 지르는 소리는 사람들의 귀를 찔렀다. 소리를 지른 여자는 깔끔하게 차려입은 모양새나 스타일 등이 꼭 공무원 같았다. 갑자기 어디서 나타났는지 지하철 역무원 복장을 한 백인 남자 하나가 타나났다.

"돈 무브. 돈 무브!"

엄숙하고 단호하게 소리를 지른다. 그 소리에 놀라 승객들은 모두들 석고상이 되었다. 열차는 다음 정거장에서 멈췄다. 주변에 있던 흑인 남자아이와 지갑을 잃어 버렸다는 백인 여자 그리고 중국인 아줌마와 일곱 살쯤 되어 보이는 아들이 백인 남자를 따라 내렸다. 나도 얼른 뒤따라 내렸다. 그들은 지하철역마다 비치된 조그만 사무실로 들어갔다. 나도 뒤질세라 뒤를 따랐다. 사무실에는 지하철역에서 근무하는 경관 하나와 다른 백인 남자 한 명이 앉아있었다. 경관 남자는 백인 여자를 향해 질문을 던졌다.

"왓즈 유어 네임? 왓즈 유어 잡? 왓즈 해프닝...?"

백인 여자는 메고 있던 커다란 까만색 가방을 펼쳐 보이며 지갑이 없어졌다고, 누군가 손을 넣어 본인 지갑을 꺼내는 걸 느꼈다고 말했다. 그리고 자신의 주변에 있던 사람이 열세 살 남짓한 흑인 남자아이, 중국인 아줌마와 그 아들이었다고도 했다. 흑인 아이는 정색을 하며 "낫 미. 낫 미" 부정을 했고 영문도 모르겠는 중국 아이는 엄마를 바라보며 중국말로 뭐라고 한다. 중국인 엄마는 아이에게 버럭 소리를 질렀다. 경관은 나에게 질문을 시작했다. 이름과 직업 그리고 왜 따라 내렸으며 이 사람들이 여기 왜 왔는지는 아냐고. 나는 안다고 고개를 끄덕였다. 아직도 영어가 서툰 나는 정확히 들을 수는 있어도 말로 설명하기는 어려웠다. 그러자 종이 한 장을 내밀며 열 손가락 모두 지문을 찍으라고 한다. 내가 죄인도 아닌데.

"와이?"

내가 물었다. 당시 신분도 확실치 않은 내 입장에서는 덜컥 겁이 났다. 물론 후회하기엔 너무 늦었다. 내 발로 들어와 증인이랍시고 얘기 했으니. 발뺌할 수도 없다.

103

그래 뭐 별 일 있겠어? 그냥 시키는 대로 열 손가락을 검은 잉크 스펀지에 찍고 종이에 꾹 눌렀다. 열 손가락이 구공탄 구멍에 넣었다 뺀 것처럼 새까맣게 물들었다. 이제 끝났나 싶었는데 또 질문이 쏟아졌다. 뭘 봤고 무슨 생각으로 증인이 되겠다고 결심했냐고 묻는다. 난 당당히 말했다.

"아이 엠 어 티쳐. 아이 티치 췰드런."

나는 선생님이고 유치원 아이들을 가르친다. 내가 여기에 따라온 건 건너편에 앉아서 흑인 아이가 백인 여자의 가방에서 지갑을 꺼내 중국 아이의 주머니에 집어넣는 것을 똑똑히 보았기 때문이라고 했다. 그 경관은 대뜸 네가 똑같은 아시안이라 편을 드는 것 아니냐며 핀잔을 줬다. 난 화가 났다.

"아이 엠 낫 라잉!"

거짓말이 아니라고, 내가 정말 똑똑히 봤고 여기 따라 온 이유는 애꿎은 중국 아이가 영문도 모르고 당할 수 있으니 내가 본대로 설명해주기 위해서다. 내가 교사이기에 아무 잘못 없는 어린 아이가 단지 영어를 잘 못해서 누명을 쓰거나 수모를 겪게 놔둘 순 없다. 그 기억이 어린 마음에 두고두고 상처로 남을 게 안타깝다고... 그리고 나도 자식을 키우는 부모로서 이 아이의 엄마가 겪을 힘든 상황을 모른 척 할 수 없었다고. 이 일로 인해 난 이미 직장에 지각을 하게 됐고 어쩌면 해고될지도 모르지만 그보다는 이 어린 아이의 미래가 걱정이 되어서 그냥 앉아 있을 수는 없었다고 당당하게 내 의사를 밝혔다. 내 얘기를 모두 들은 백인 여자는 정말 고맙다고 연거푸 말

104

했다. 그리고 지갑은 찾았으니 흑인 아이에게도 벌을 주고 싶지 않다고, 없었던 일로 하잔다.

사무실을 나왔다. 흑인 아이는 나를 뚫어지게 노려보더니 어디론가 사라졌다. 중국 아이의 엄마는 다운타운 중국의 거리라고 불리는 가날스트릿에서 중국산 버섯과 건어물을 파는 장사꾼 같았다. 그녀가 하는 영어라고는 쌩큐와 노노노 이렇게 두 마디 외에는 들어보질 못했으니까. 그런 그녀가 갑자기 "쒜쒜" 하고 플랫폼에서 무릎을 꿇고 머리를 숙여 중국말로 고맙다고 수십 번을 말했다. 아들의 머리를 손으로 꾹꾹 누르며 절을 하라고 한다. 아이는 그저 놀라 토끼처럼 눈을 동그랗게 뜨고 의아해할 뿐이다. 괜찮으니 조심하라고 말하고 들어오는 지하철을 탔다.

몇 정거장 더 가 내렸다. 나는 이미 지각이었다. 헐레벌떡 정신없이 유치원까지 뛰어갔다. 원장 선생님은 나를 안경 너머로 노려보면서 "미스 리. 내가 오늘 몇 시까지 오라고 했죠?" 라고 톡 쏘아 묻는다. 일자리가 흔한 줄 아냐고 잔소리를 하기 시작했다. 내가 왜 늦었는지를 설명해야 했다. 핑계 없는 무덤은 없다며 변명조차 들으려 하지 않고 "유 화이어" 라고 당장 그만 두란다. 그런 원장 선생님에게 당신도 선생님이고 아이의 엄마인데 이런 상황에서 나 몰라라 한다면 그건 교육자로서 자격이 없을 뿐 아니라 나 역시 그런 사람 밑에서 일할 수 없다고 했다. 당신이 나를 자르는 게 아니라 내 스스로 그만 두겠다고! 주섬주섬 짐을 챙겨 사표를 던지고 나오려는데 리차드를 비롯한 많은 아이들이 "성생님! 가지 마요!" 하며 졸졸 내 뒤를 따라 나섰다. 아이들은 정말 귀엽지만 이곳을 내 평생직장으로 삼을 수는 없기에 난 떠났다. 나오는 발걸음이 어찌나 무겁던지... 누가 저 아이들을 잘 돌봐주려나.

이렇게 해서 힘들게 얻은 내 직장과 작별인사를 했고 난 또다시 백수가 됐다. 이젠 집도 없는데. 눈에 눈물이 핑 돌았다. 이놈의 성질머리. 밥을 굶어도 살 곳이 없어도 절대 변하지 않는 이 성질머리는 도대체 뭘까. 하지만 후회는 하지 않았다. 오히려 자랑스럽게 여기기로 했다. '참 잘했어요!' 난 나에게 또 하나의 칭찬도장을 찍어줬다.

이젠 무엇을 하면서 먹고살아야 한담...

눈앞이 캄캄했다. 하루아침에 직장을 잃은 나는 또다시 좌절감에 빠졌다. 신문이란 신문은 다 뒤지고 한국 신문뿐 아니라 거리 모퉁이에 버려져 있는 미국 신문도 샅샅이 뒤졌다. 사람을 구한다는 광고가 눈에 번쩍 띄었다. 한 시간에 40불을 주는 메이크업 아티스트 구인 광고였다.

정신없이 침을 발라 신문을 도려내었다. 혹시 전화번호가 찢길까 주소가 침에 번질까 조심조심 정성스레.

그곳을 찾아가기로 용기를 내었다.

소름 돋는 인터뷰

시계가 정오를 가리켰다. 얼마 남지 않은 인터뷰 시간에 맞추려면 서둘러야 했다. 서툰 영어 실력을 발휘할 때가 왔다. '마이 네임 이즈 제이 리. 아리 러브 메이크업. 아이 두 마이 베스트! 이프 유 하이어 미!' 내 소개를 연습했다. 정말 잘해야 한다. 이제 정말 떼돈을 벌 기회가 나에게도 주어진 것이다. 일자리를 찾아 그렇게 애쓴 보람이 있다. 후... 7번 지하철을 탔다. 내려야 할 정거장은 엘머스트였다. 너무 긴장한 나머지 지나치고 말았다. 결국 한 정거장을 걸어야 했지만 그래도 서둘러 나온 덕에 아직도 인터뷰 시간은 한 시간 가까이 남아있다. 사무실에 도착해 가볍게 노크를 하고 문을 열었다. 사무실 안에는 점잖게 생긴, 머리카락이 적당히 희고 풍채 좋은 백인 남자가 앉아 있었다. 앉으라는 그의 말에 긴장한 탓인지 한국말로 "예" 하고 대답해 버렸다. 경험이 있냐고 묻는다. 없어도 있다고 대답할 판이다. 그 남자는 "굿 굿. 원더풀"을 연발했다. "우 쥬 쇼우 투 미 왓 유 캔 두?" 뭐라는 걸까. 잘 모르겠지만 일단 "예스 예스 아이 캔 두 아이 두 아이 두" 라고 대답했다. 그는 갑자기 무릎을 탁 치더니 굿! 하고 일어나 사무실과 연결된 아치형 통로로 사라졌다. 십여 분이 지나고 그는 네모난 상자 같은 긴 테이블을 밀고 나타났다. 도대체 저게 뭐지? 의아해하는 나에게 연습을 하라는 말을 남기고 다시 사라졌다. 연습? 그래. 메이크업을 해보라는 걸 거야. 의자에서 일어나 메이크업 가방을 잡았다. 메이크업을 하려면 모든 화장품을 꺼내 진열해두어야 한다. 그가 다시 나오기 전에 서둘러야 했다. 테이블 위에 가방을 올려두는데 퍽! 하고 가방이 떨어지는 소리가 났다. 가방이 닫힌 상태인 게 다행이었다. 가방을 잡으려 테이블 안쪽을 향해 손을 디딘 순간 무언가 물컹하는 게 느껴졌다. 손을 저어봤다. 손끝에 사람의 입술이 느껴졌다. 아래쪽을 내려다보는 순간 아악! 하고 비명을 질렀다. 가방이고 나발이고 뒤도 안 돌아보고 줄행랑을 쳤다. 얼마나 뛰었는지 온몸이 비 맞은 듯 땀에 흠뻑 젖어있었다. 여기가 어디지? 정신을 차려보니 내 가방! 가진 걸 몽땅 내팽개치고 달려 나왔다. 어쩌지... 다시 돌아갈 수도 없고. 한국에서 올 때 새로 사 온 화장품들인데. 파운데이션부터 쌍꺼풀 테이프까지... 내 전 재산인데. 다시 돌아간다면 거기 붙잡혀서 영영 못 나올지도 몰라. 별별 생각이 다 들었다. 가방도 걱정이지만 더 큰 걱정은 어떻게 집에 가느냐였다. 메이크업 가방에 지갑 등이 든 핸드백까지도 두고 나왔다. 주머니를 뒤지니 인터뷰 장소에 가느라 지하철을 타기 전 매점에 들러 20불짜리 지폐를 내고 껌을 산 후 남은 잔돈을 껌과 같이

108

넣어둔 게 있었다. 다행히 집에 돌아갈 차비는 있다. 생각을 가다듬었다. 메이크업 가방은 그렇다 치고 내 핸드백에 뭐뭐가 있었지? 손수건, 작은 수첩, 볼펜 또... 한국에서 가져온 열쇠고리 그리고 30불 남짓 든 작은 면 지갑. 그게 다인가? 또 뭐가 있지? 이게 다였다. 메이크업 가방이 워낙 무거운지라 핸드백은 최대한 무게를 줄였다. 저정도면 잃어버려도 크게 아까울 건 아니다.

영어를 제대로 이해 못 하면 신문에 난 광고 -메이크업 아티스트 급구함. 경험자 시간당 40불 지급- 이 간단명료한 광고에 혹할 수 있다. 40불씩 일주일에 40시간 일하면 1,600불을 족히 벌 수 있는데 누군들 혹하지 않겠는가. 돈에 눈이 멀어 제대로 알아보지 않고 그곳을 찾아갔을 뿐, 어떤 일인지 뭘 하는 일인지는 생각해보지 않았다. 그 일자리는 죽은 시체에 화장을 해주는 일이었다. 장례식 날 관을 열어 사람들이 묵례를 표할 때 보기 흉하지 않게 치장을 해주는 그런 일 말이다. 생전 그런 일은 본 적도 들은 적도 없었다. 겁도 많은 나는 절대 못 할 일이었다. 얼마나 놀라고 충격을 받았던지 집으로 돌아가는 내내 손발에 식은땀이 마르질 않았다. 이후로 한동안 매일 밤 쉽게 잠들지 못했다. '내 얼굴 만져줘... 예쁘게 화장해줘...' 하면서 죽은 시체가 밤마다 날 쫓아다니며 괴롭히는 악몽에 시달렸다. 정말이지 꿈에도 잊지 못할 인터뷰였다.

이렇게 한 시간에 40불이나 벌 수 있다고 생각한 나의 꿈은 사라졌다. 다시 또 일자리를 알아봐야 하다니...

그래. 또 일어나는 거야. 나에겐 오뚝이 근성이 있지 않은가. 도전하고 또 도전하면 된다. 어딘가엔 반드시 나를 위한 퍼펙트한 일자리가 기다리고 있을 거라 믿고 다시 용기를 낸다.

American Dream

무작정 GO! 마이웨이

→ **바이 바이 뉴욕!**

뉴욕을 떠나다. |
영어 도전장 (미국 백화점에 첫 출근 – Lord & Taylor) |
시간이 남아요.

뉴욕을 떠나다.

더이상 미련 둘 곳이 아닌 뉴욕을 떠나기로 결심했다. 어디로 가야할까? 막상 떠나려고 하니 갈 데가 마땅치 않다. 내 나라도 아닌, 아니 내 나라라도 한 도시에서 다른 도시로 옮겨가기가 쉽지 않은데. 어찌 남의 나라 땅에서 연고 하나 없이 무작정 떠날 수 있단 말인가. 참으로 암담했다.

언젠가 찾았던 한인교회를 찾아갔다. 그곳에 계신 전수연이라는 상담사를 찾기 위해서였다. 하지만 그는 없었다. 대신 도널드 램프킨 이라는 흑인 상담사가 상담을 돕고 있었다. 잠깐 도널드에 대해 얘기 해보자면, 언젠가 내가 몬테소리 스쿨 교사로 일할 때 첫 월급을 몽땅 소매치기 당한 사건이 있었다. 열심히 일주일을 일하고 받은 주급 320불이었다. 그날따라 지하철이 어찌나 붐비던지 나는 처음 받은 첫 주급을 똘똘 말아 가방 속 지퍼 안에 꽁꽁 숨겨뒀다. 그런데 지하철에서 내려 집에 들어와 지퍼를 열어보니 내 돈은 간데없고 가방은 면도칼로 찢긴 채 안감이 밖으로 다 삐져나와 있는 게 아닌가. 아뿔싸... 열차 안에서 누군가 자꾸 내 옆구리를 쿡쿡 찌르는 느낌이 들었었는데 그때였나 보다. 내 가방을 찢어 돈을 빼내간 때가. 그게 나의 전 재산인데. 그 돈이 없으면 돌아올 일주일을 버틸 수가 없게 된다. 당장 내야 할 돈도 많고. 먹고 살아야 하고. 무엇보다 유치원에 출퇴근 할 차비마저 없다.

난 얼굴이 하얗게 질린 채 101 파출소를 찾았다. 후러싱에 있는 파출소다. 여기가 내가 사는 곳에서 가장 가까운 파출소였다. 헐레벌떡 파출소에 도착해서 문을 열었을 때 내 얼굴은 하얗다 못해 누렇게 떠있었을 것이다. 그나마도 못하는 영어는 한 마디도 입 밖으로 내놓지 못했다. "아... 저기..." 뭐라고 설명을 해야 할까.

그저 엉엉 울었다. 도널드 램프킨이라는 형사가 나에게 의자를 내주며 앉으라고 했다. 그는 한국말로 "안녕하세요. 저는 도널드 램프킨입니다. 무엇을 도와드릴까요?" 라고 서투른 인사말을 건넸다. 지푸라기라도 잡는 심정으로 영어 반 한국말 반 보디랭귀지 반 내가 할 수 있는 모든 걸 다 섞어 설명을 했다.

"내가 오늘 주급 320불을 받았는데 그만 지하철 안에서 소매치기를 당했어요. 그 돈은 내 전부이고 그게 없으면 난 죽어요."

정말 애절하게 호소했다. 그는 나에게 소매치기 당한 320불이 어떻게 구성되어있냐고 물었다. 나는 처음엔 말뜻을 이해하지 못했다. 다시 100불짜리 몇 개에 10불짜리 몇 개 등등 구체적으로 돈이 어떻게 말아져있었는지를 물었다. 나는 순진하게도 100불짜리 2장 해서 200불, 20불짜리 5장 해서 100불, 10불짜리 2장 해서 20불 이렇게 지퍼 안에 넣어놨었다고 통곡하며 말했다. 도널드는 그 소매치기를 꼭 잡아서 돈을 찾아주겠다고, 집에 갔다가 내일 이 시간에 다시 자기를 찾아오라고 했다. 난 그 말을 믿었다. 아니 믿고 싶었다. 그 돈은 나에게 너무나 간절했기 때문에.

밤새 잠을 설치고 토요일인 다음날 같은 시간에 파출소를 찾았다. 도널드는 날 기다렸다는 듯이 반갑게 맞아주었다. 의자를 내주면서 앉으라고 했다. 난 급한 마음에 내 돈 찾았냐고 다짜고짜 물었다. 그는 "오브 코오스" 하고는 책상 서랍에서 돌돌 말려진 돈뭉치를 꺼내주며 맞는지 세어보라고 했다. 그 돈은 틀림없이 내 돈이었다. 적어도 그 순간만큼은. 그 돈은 내가 잃어버린 돈과 똑같이 구성되어 있었다. 100불 2장, 20불 5장, 10불 2장. 분명 내가 소매치기 당한 내 돈이었다. 그는 나에게 네 돈 맞지 않냐고 다시 물었다. 나는 기쁨에 미소를 지으며 고개를 끄덕였다. 그도 살며시 미소를 지으며 축하한다고 했다. 나는 땡큐 땡큐를 연신 외치며 파출소를 나왔다. 휴우, 살았다!

우리는 그렇게 인연이 만들어졌다. 그 도널드가 이 교회에 웬일로 있는 걸까? 그는 한국 사람들이 미국에 살면서 겪는 힘들 일들을 상담해주는 카운슬러였다. 취미삼아 라이선스를 따 프리로 돕고 있다고 했다. 나는 정말 반가웠다. 그 역시도 나를 알아보고 반가워하며 "울보 아가씨가 여긴 웬일이야? 또 돈 잃어버렸어?" 하고 날 놀렸

115

다. 정말 부끄럽고 창피해서 고개를 들 수 없었다. 그도 그렇게 예전에 그가 찾아준 320불은 자신의 돈으로 맞춰 내게 준 것이었기 때문이다. 그 돈이 나에겐 너무나 간절했기에 뒤도 돌아보지 않고 손에 꼭 쥔 채 파출소를 나와 버렸지만 며칠 후 정신을 차리고 생각해보니 내가 너무 어리석고 한심했다. 왜 눈치채지 못했을까. 그때의 간절함이라면 누구라도 그랬으리라 나를 위로하곤 한다. 그래서 무슨 일이냐는 도널드의 말에 나는 말문이 막혔다. 잠시 주춤하다가 겨우 입을 열었다. 뉴욕을 떠나려고 하는데 혹시 좋은 동네를 추천받을 수 있을까 한다고. 서슴없이 그는 뉴저지라는 곳으로 가라고 했다. 본인도 그 도시에 사는데 먼저, 렌트비가 적게 들고 복잡하지 않으며 기차를 타면 어디로든 출퇴근 할 수 있다고 한다. 난 뉴저지가 어딘지도 모르지만 그곳으로 이사를 가기로 마음먹었다. 그리고 이틀 뒤 아이비힐이라는 아파트로 들어가기로 결정했다.

나에겐 내 신분을 증명할 게 아무것도 없었다. 아파트조차 렌트할 수 없었다. 나는 또다시 도널드의 도움을 받아야 했다. 정말 자상하고 인상 좋은 그는 당시 50대 후반의 아저씨였다. 아빠처럼 다정다감했고 친절했으며 한국의 실정을 잘 아는 사람이었다. 그는 나를 몹시 가엽게 여겼고 마치 친딸처럼 보살펴주었다. 나중에 안 사실이지만 그는 친딸을 교통사고로 잃고 괴로워하던 중에 나를 만났다고 한다. 내 아버지에게서도 느껴보지 못한 따뜻한 정을 도널드에게서 느낄 수 있었다. 난 언젠가부터 그를 단파파(Don papa)라고 부르기 시작했다. 그 후로도 그는 늘 한국 사람들을 상담해주며 도와주는 일을 게을리 하지 않았다. 때론 자신의 사비를 털어서까지 식료품을 사

116

가난하고 어려운 사람들에게 나눠주는 것도 잊지 않았다. 그런 도널드를 만난 나는 정말 행운아였다. 이 머나먼 타국에서 이렇게 좋은 사람을 만나 도움을 받을 수 있다는 것이.

  그렇게 나는 뉴욕을 떠나 새로운 도시 뉴저지라는 곳으로 가 자리를 잡았다. 바이 바이 뉴욕! 뉴욕이라는 이 거대한 도시에 아쉬움조차 남지 않았다.

영어 도전장
(미국 백화점에 첫 출근 Lord & Taylor)

신문을 뒤지다 구인광고를 보았다. 뉴저지 Lord & Taylor(로드 앤 테일러) 라는 백화점 화장품 코너에서 일 할 판매사원을 뽑는다는 광고였다. 평소 늘 메이크업에 관심이 있고 한국에서는 '피어리스'라는 화장품 회사에서 일 한 경험도 있는 내가 단번에 혹할 만한 일자리였다. 나는 단파파에게 도움을 청했다. 일단 그곳에 찾아가야 했지만 익숙하지 않은 도시라 혼자 찾아 나서기가 쉽지 않았다. 일을 마친 단파파는 날 백화점까지 데려다 주었다. 그는 밖에서 기다리고 나는 홀로 들어가 간단하게나마 시험을 치러야 했다. 시험은 그리 어렵지 않았다. 몇몇의 계산문제와 소비자 서비스에 대한 간단한 질문이었다. 물론 영어였지만 읽고 쓰는 것은 할만했다. 시험을 마치고 연락처를 남기고 백화점을 나왔다.

다음날 오후, 인터뷰를 하러 오라는 연락을 받았다. 물론 난 전화가 없었기에 단파파의 전화번호를 남겨두었었고 단파파는 자기 일처럼 기뻐하며 알려줬다. 1차 합격이라고, 축하한다고, 2차 3차도 모두 합격할 거라고 격려해줬다. 인터뷰를 하러 갔는데 오 마이 갓...

묻는 말에 대답을 해야 하는데 도대체 뭔 소린지 알아먹을 수가 없었다. 내 나름대로는 철저히 준비를 해갔다. 허벅지에 지워지지 않는 컬러 펜으로,

- 하우 머치 유 캔 기브 투 미? (얼마를 줄 거냐?)

- 왓 카인드 오브 베네핏 아이 윌 겟 잇? (내가 누릴 수 있는 조건은 뭐냐? 건강보험이나 퇴직금, 보너스 등등...)

- 웬 켄 아이 스타트 워크? (언제부터 일할 수 있냐?)

이런 질문들을 빼곡히 적어갔었다.

화장품 매장의 매니저 이름은 데피니였다. 그녀는 안경을 쓴 꼬장꼬장한 모습을 하고 질문을 해댔다. 그러더니 실전이 중요하다면서 날 화장품 카운터로 데려가더니 안경을 벗으며 자기 얼굴에 메이크업을 해보라고 했다. 이건 무슨 상황인가? 전혀 예기치 못한 상황이 벌어졌다. 미국 사람 얼굴은 만져보지도 못했는데. 화장을 해보라니. 멍하니 서있는 나를 본 데피니는 하기 싫냐고 물었다. 난 정신을 차리고 "예스. 아 윌 두 잇!" 하고 떨리는 손으로 메이크업 브러시를 잡았다. 간단하게 베이스를 바르고 본격적인 메이크업을 시작했다. 나도 모르게 용기가 솟아났나. 난 할 수 있어, 아니 해야만 해!

그렇게 마음을 다잡으며 메이크업을 마무리했다. 난 어느새 동물원 원숭이가 되어있었다. 화장품 코너의 직원들과 손님들까지 이벤트라도 열렸는 줄 알고 나와 데피니를 삥 둘러싸고 있었다. 얼마나 메이크업에 집중을 했던지 전혀 눈치채지 못했다.

메이크업을 다 받은 데피니는 내가 봐도 정말 예뻤다. 립글로스밖에 바르지 않고 안경을 써 가려졌던 미모가 예쁜 요조숙녀의 모습으로 드러났다. 심지어 섹시하기까지 했다. 여기저기서 탄성이 들려왔다. "굿 잡! 원더플! 뷰티플!" 거울을 본 데피니의 입에서 나온 말은 "유 하이어!" 였다. 그 말은 곧 내가 시험을 통과했고 취직이 됐다는 말이었다. 난 그만 울음을 터트리고 말았다. 그 얼마나 원했던 직장인가. 얼마나 긴장했던가.

살았다. 하나님 감사합니다! 아멘!

모두들 나를 향해 격려와 축하의 박수를 보내줬다.

이렇게 나의 뉴저지 직장생활은 시작됐다. 다음날 나는 옷을 깨끗이 차려입고 아파트를 나섰다. 아침 9시 20분까지 오라는 메시지를 받고 혹시나 길이 막혀 늦을까 아니면 늦잠이라도 잘까 노심초사하다가 동 틀 새벽 무렵에 나와 버렸다. 아파트는 단파파의 이름과 소셜 넘버를 빌려 간신히 6개월을 렌트할 수 있었고 내가 직장을 가지면 내 이름으로 옮기기로 했다. 14층 아파트 꼭대기 겨우 스튜디오 타입의 집이었다. 파키스탄, 스페니시, 러시아 사람들이 우글거리는 그야말로 이방인들의 아파트였다. 그리 깨끗한 환경도 아니었고 집 안에는 냉장고와 스토브가 전부였다. 밤에는 팔뚝만한 쥐가 들끓었다. 엘리베이터는 가다가 쿵 하고 멈추고 다시 가고... 길거리에 세워둔 차들은 도둑들에게 핸들을 뽑히기 일쑤였다. 아마 자물쇠를 핸들에 채워둔다고 해도 훔쳐갈 것 같았다. 매일이 삶과의 전쟁이었다. 밤늦게 일을 마치고 집에 오려면 얼굴을 보자기나 머플러로 둘둘 감고 눈만 간신히 내놓고 몸빼바지를 입고 혹시 하얀 살이 보일까봐 꽁꽁 동여매고 엘리베이터를 타야 했다. 때론 술 취한 남자를 엘리베이터에서 만날 때도 있고 온몸에 문신이 가득 새겨진 무시무시한 남자를 만날 때도 있었다. 난 이 아파트 생활에 조금씩 익숙해져 갔다. 어쨌든 나에게는 훌륭한 보금자리였다.

난 누구보다 일찍 출근했다. 7시부터 문 앞에서 기다리다가 문이 열림과 동시에 들어가 1등으로 출근부에 도장을 찍었다. 그 누구보다도 열심히 일했다. 그러나 열심히 일해봤자 남는 게 없었다. 많이 파는 만큼 커미션을 주는데 내가 아무리 열심히 노력해서 팔아봤자 내 판매실적은 조앤이라는 뚱뚱한 직원이 차지하곤 했다. 영어가 서툴고 캐쉬레지스터를 다루는 데 익숙하지 않는 나로서는 내 판매실적을 번번히 조앤에게 넘겨줘야만 했다. 또 서툰 영어로 내가 아무리 메이크업을 예쁘게 해주고 열심히 상품을 권해도 손님들은 영어가 잘 통하는 조앤에게 가 카드를 내밀었다. 난 또다시 언어의 장벽에 부딪혀 설움을 겪어야 했다.

그래. 언어가 중요하다. 영어를 배워야 한다. 내가 이 미국 땅에서 살아남을 수 있는 유일한 길은 영어를 배우는 것이다.

내 태도는 180도 바뀌었다. 난 스스로 조앤에게 판매실적을 넘겨주면서 날 좀 지도해 달라고 부탁했다. 유난히 덩치가 큰 조앤은 무서운 선생님처럼 내게 영어 발음과 회화를 가르치기 시작했다. "제이 이건 옐로우 훼밀리, 이건 오렌지 훼밀리 화운데이션…" 베이스 칼라 차트를 보며 손님의 피부색이 어디에 속하는지도 다 알려줬다. 어느 날에는 그녀도 미안했던지 나보고 혼자 팔아보라고 했다. 마침 농장에서 일하는 장화를 신고 허름한 옷차림을 한, 남자로 착각이 들 정도의 여자 손님이 내 카운터 앞을 스치고 지나갔다. 뭘 찾는지 두리번거리다가 나에게 립스틱을 하나 권해달라고 했다. 나는 기회는 이때다 싶어 그 손님을 카운터 앞 의자에 앉히고 메이크업을 해주기 시작했다. 영어가 서툰 내가 얼마나 잘 설명할 수 있겠냐마는…

　어찌됐든 메이크업을 마쳤다. 선머슴 같은 얼굴은 어느새 고운 중년 여성의 얼굴로 변해있었다. 아이섀도를 칠한 눈은 어딘지 모르게 섹시함이 느껴졌다. 직접 보라고 손거울을 내미는 나에게 그 손님은 별다른 기대가 없어보였다. 보나마나겠지, 라는 표정으로 거울을 받아든 그녀는 화들짝 놀랐다. "오 마이 갓!" 자신이 이렇게 예쁜 줄 몰랐다며 거울에서 눈을 떼지 못했다. 그녀는 내가 쓴 모든 제품을 다 사겠다면서 화장하는 방법도 자세히 알려달라고 했다. 제품을 모두 합친 가격은 660불이었다. 카드를 내밀며 모두 싸달라는 말을 들은 나는 이런 적이 처음이라 당황했다. 그런 나를 보고 조앤이 다가와 포장을 도와주었다. 역시 세상에 공짜는 없는 법이다. 내가 그동안 조앤에게 내 판매실적을 다 넘겨주고 또 핀잔을 들어가며 배운 영어가 이렇게 빛을 발하다니. 손님이 구매한 제품 중에 마스카라와 아이브로 펜슬은 재고가 없는 관계로 내가 일이 끝난 후 집으로 배달해 주겠다고 약속을 했다. 그렇게 손님은 주소를 남기고 떠났다. 나는 졸지에 넘버원 세일즈 우먼이 되었다. 그것도 메이크업 한번에 660불 어치의 화장품을 판 대단한 세일즈 우먼!

이날 이후 화장품 코너에서 '제이 리'라는 내 이름 석 자가 부각되기 시작했다. 내가 만일 그 손님을 겉모습만 보고 판단해 쳐다보지도 않았다면 넘버원 세일즈 우먼이 되었을까. 나는 그 후로 절대 사람을 겉모습만 보고 판단하지 않게 됐다. 내겐 종종 이런 일들이 일어났다. 그래서 로드 앤 테일러 백화점 화장품 판매왕이 되었고 그곳에서 치루는 콘테스트 때마다 일등을 했다. 스페셜 보너스를 받기도 했고 특별휴가를 받기도 했다. 백화점 사장을 만나는 자리에 초대돼 조찬을 같이 하기도 했다. 그 어려운 언어의 장벽을 넘은 나는 자부심을 느꼈다.

영어가 힘들다, 어렵다 하는 이들에게 무식하면 용감한 거라고. 그저 모르면 아무렇게나 지껄이라고. 그럼 듣는 사람들이 듣다 못해 안타까워 고쳐준다고 말해주고 싶다. "기브 미 키친." 이건 한 청년이 뉴욕 치킨 가게에 들어가 치킨을 주문하려고 뱉은 말이다. 아무도 그의 말에 대꾸를 하지 않자 화가 난 청년은 다시 큰 목소리로 외쳤다. "기브 미 키친!" 옆에 있던 사람이 "기브 미 치킨."이라고 가르쳐서 그는 키친이 아닌 치킨을 사서 나올 수 있었단다. 이 단어와 주문법은 절대로 잊히지 않았더란다. 아무런 도전 없이는 그 무엇도 있을 수 없고 내 것이 될 수도 없다. 그대들이 두려워할 것은 모르는 무지함이 아니라 알려고 노력조차 하지 않는 무도전이라는 걸 부디 기억하길 바란다.

시간이 남아요.

열심히 돈을 벌어보지만 모여지지도 남지도 않았다. 그저 그달 그달 살아갈 뿐 아무런 미래가 보이지 않았다. 힘들게 번 돈은 한국에 두고 온 아이들과의 전화 통화로 거의 600불 가까이 쓰였다. 한 살인 아들 준이가 무슨 말을 많이 할 수 있겠나. 그저 "엄마" 하는 말 한마디라도 오래 듣고 싶은 마음에 수화기에 귀를 붙이고 연신 "준아. 엄마 해봐." 하며 애가 탈 뿐. 그렇게 통화를 하다보면 국제 전화라 한 달이면 거의 600불의 요금이 나왔다. 이렇게 벌어서는 아이와 전화 통화 한 번 제대로 못하겠다는 생각에 마음이 조급해졌다. 먹는 걸 줄일까? 옷은 거의 사 입지 않고 먹는 것도 굶지 않을 정도로만 먹고 사는데. 뭘 더 줄일 수 있겠는가...

새 일자리를 또 찾아야한다. 돈도 벌고 밥도 먹을 수 있는 그런 일자리로. 불현 듯 식당 웨이트리스를 해야겠다고 생각했다. 마침 뉴저지 벼룩시장 신문을 보니 아리랑식당이라는 곳에서 사람을 뽑는다고 나와 있었다. 전화를 걸어 바로 인터뷰를 잡았다. 불행 중 다행인지 나는 어디든 맘만 먹으면 취직은 척척 잘 되었다. 주방에서 일하는 주방장님과 주인 언니도 모두 사람들이 좋아 보였고 무엇보다 맛있는 한국 음식을 매일 한 끼라도 먹을 수 있다는 게 마냥 좋게 보였다.

백화점 일을 마치고 다 낡은 후진 차를 몰아 아리랑식당으로 달려갔다. 닛산 센트라 전 1987년형 승용차는 이날따라 더 덜덜거렸다. 어느 날 집 앞 주유소를 지나다 밖에 세워진 빨간 고물차에 '세일' 이라고 붙은 걸 보고 주유소 사장에게 얼마냐고 물었었다. 사장은 1500불은 줘야 한단다. 그만한 돈은 없었기에 체크를 나누어서 150불씩 열 장을 써주고 열 번에 걸쳐 갚겠다는 약속을 하고선 차를 갖게 됐다. 원래 운전은 한국에서도 잘했고 뉴저지에 와서 영어로 운전면허증을 따놓은 상태라 운전하는 데는 별문제가 없었다. 그렇게 얻은 차가 하필 이런 때에 날 불안하게 만들까. 아니나 다를까 뉴저지 턴 파이크를 돌 때 갑자기 하얀 연기가 모락모락 나더니 펑 하면서 차는 멈춰 섰다. 이 밤중에 어쩌지... 겨울이라 오후 다섯시가 좀 넘었을 뿐인데도 깜깜한 게 밤처럼 느껴졌다. 여자인 내가 차를 알면 얼마나 알겠는가. 그저 한국에 있을 때 좋은 차 좋은 환경에서 별 고생 없이 살아온 나다. 이 상황에서 할 수 있는 게 없었다. 일단 밖으로 나가 보닛을 열었다. 냉각수 통이 과열됐는지 뚜껑이 튀어나가 김이 모락모락 나고 있었다. 그리고 팬벨트가 떨어져 있었다. 뭐라도 해야 했다. 신고 있던 스타킹 한 짝을 벗었다. 허벅지까지 올라오는

125

스타킹이라 한 짝만 벗어도 팬벨트 대신 두 번은 묶을 수 있었다. 그리고 겨우겨우 자동차 수리 센터로 갔다. 흑인 할아버지는 좀 무섭기도 했지만 내 다리 한쪽에만 까만 스타킹이 신겨진 모습이 가엽게 보인 것 같았다. 팬벨트가 끊어진 거냐고 먼저 말을 걸어오셨다.

"예스. 왓 캔 아이 두?" 하고 물으니 할아버지는 조금만 기다리라면서 친절하게 웃어주셨다. 마음이 한시름 놓였다. 그렇게 20분쯤 기다리니 뭔가가 눈에 띄었다. 땅바닥에 웬 20불짜리 지폐 한 장이 떨어져 있는 게 아닌가. 발을 조금씩 움직여 지폐를 내 발 아래 두었다. 그리고 몸을 숙여 발바닥 아래 깔린 지폐를 내 주머니까지 넣는 데 성공했다. 수리비를 얼마나 받을지 모르지만 일단 하늘이 내게 주신 선물이라는 생각이 들었다. 잠시 후 할아버지가 나를 향해 손짓을 하셨다. 아마 차 수리가 모두 끝났나 보다.

"하우 머치?"

"프리! 프리!"

프리? 할아버지는 손을 저으며 더 어두워지기 전에 빨리 가라고만 하셨다. 세상에 이런 일이... 남의 나라에서 이런 따뜻한 배려를 받으니 가슴이 찡했다. 굳이 20불이라도 받으라고 내미는 내 손등에 "갓 블레시 유!" 하며 입을 맞추고 어서 가라고 하신다. 베풀어주신 친절에 어쩔 줄 몰라 언젠가 꼭 다시 오겠다고 인사를 드리고 그곳을 떠났다.

나는 2시간 정도 늦어서야 식당에 출근했다. 그날따라 단체손님으로 꽉 차있었고 일손은 모자랐다. 얼른 앞치마부터 두르고 쟁반과의 전쟁에 나섰다. 거의 12시가 되어서야 식당은 평화를 찾았고 내 배꼽시계는 진작에 고장 나서 더 울리지도 않았다. 주인 언니는 팁 머니를 챙겨주며 "제이야 밥도 못 먹고 어떡하니" 했고 나도 모르게 서러움이 복받쳐 눈물이 흘렀다. "괜찮아요. 언니! 내일 봬요" 하고 얼른 눈물을 닦고 차를 향해 뛰었다. 차에 앉아 시동을 켜고 내가 사는 아파트로 또 달렸다. 오늘의 고단함과 서글픔을 과연 누가 알까? 차의 창문을 모두 내렸다.

"하나님. 제가 전생에 무슨 죄를 지었기에 이렇게 고생을 해야 합니까? 내 자식도 못 보고 그렇게 원해서 낳은 아들 한 번 제대로 안 아보지도 못하고 왜 이런 삶을 살아야만 합니까? 대답해 주세요. 하나님이 계시다면 이건 너무 하는 거 아닙니까?"

소리 내어 엉엉 울었다. 하나님께 따졌다. 주님은 아무런 대답도 하지 않으셨다. 그런 주님이 야속하고 얄밉기까지 했다.

127

American Dream
무작정 GO! 마이웨이

→ 홀로서기

나의 보금자리
(천국과 지옥을 넘나들던 나)

밤새 소리 없이 눈이 내리더니 거리는 온통 흰색의 담요를 덮어 놓은 듯 휘핑크림을 뽀얗게 짜 놓은 듯 더없이 새하얗기만 하다. 창문 밖을 내다보았다. 세상의 온갖 죄악과 더러움은 모두 사라지고 없는 것 같았다. 출근 준비를 서둘렀다. 나사가 하나 빠졌는지 덜덜거리는 헤어 드라이기로 간신히 머리를 말리고 주섬주섬 가방을 챙겼다. 첫 번째 일이 끝나면 또 두 번째 일터로 향해야 하기에 필요한 준비물이 많았다. 무엇보다도 높은 굽에 시달린 발을 편히 쉬게 해 줄 굽 낮은 운동화가 있어야 했다. 그래야 식당일을 편안히 할 수 있으니까.

땅을 밟기가 무서울 정도로 거리는 미끄러웠다. 추운 날씨에 이미 도로는 꽁꽁 얼어붙어 한 발자국 떼기도 겁이 났다. 종종걸음으로 차 앞까지 가 조심스럽게 문을 열었다. 차 문 손잡이는 밤새 내린 눈과 추운 날씨 덕분에 딱 달라붙어 열릴 생각을 안 했다. 가방에서 네모난 나뭇조각을 꺼내 눈을 긁어냈다. 소용없었다. 가끔 눈이 하도 많이 오는 날에는 호보큰 기차역 근처에 차를 세우고 기차를 타고 출근하곤 했는데 오늘이 바로 그런 날이다. 일단 아파트 앞에서 호보큰 기차역까지는 차로 넉넉잡아 15분이 걸린다. 그리고 20분 동안 걸어서 기차를 타고 출근을 하면 된다. 오늘은 시간이 빠듯했다. 꽁꽁 언 차 문과 씨름하느라 시간을 허비한 탓이다. 차도는 이미 많은 차들이 지나가면서 눈을 녹여 놔 운전하고 가기에는 수월했다. 전신주 앞에 차를 주차하고 오늘이 홀수일인지 짝수일인지 재차 확인했다. 왜냐면 홀수일과 짝수일은 차를 대는 거리가 다르기 때문이다. 홀수일에는 왼쪽 길에, 짝수일에는 오른쪽 길에 주차해야 하는 게 이곳의 룰이다. 차에서 내려 기차역으로 가 기차를 탔다.

첫 번째 직장에서 일을 마치고 두 번째 직장으로 아르바이트를 하기 위해 또 뛰었다. 이런 내 사정을 나 몰라라 하는 듯 눈은 하루 종일 내렸다. 일을 모두 마친 후 기차역으로 돌아오니 시간은 밤 11시가 넘어 있었다. 피곤에 지친 다리를 이끌고 아침에 세워둔 차를 찾았다. 분명히 전신주 앞에 세워뒀는데 종일 내린 눈 때문에 모든 차들이 새하얗게 덮여있어 찾기가 영 어려웠다. 겨우 빨간색 닛산 센트라를 찾았다. 쌓인 눈을 쓸어내리고 퍼내고 차의 형태가 드러났는데 웬일. 내 차가 아니었다. 이미 손은 꽝꽝 얼어 감각조차 없는데. 이 차가 아니라면 내 차는 어디 있지? 하는 수 없이 옆에 있는 차 위에 쌓인 눈도 모두 쓸어내렸다. 내 차였다. 그런데 이건 또 웬일인가. 손잡이가 얼어서 도무지 열릴 기미조차 없었다. 이쯤에서 포기해야

132

했다. 이미 자정을 넘은 시간. 지나가는 차도 한 대 없었다. 할 수 없다. 그냥 걷자. 차를 포기하고 아파트를 향해 무작정 걸었다. 한참을 걸으니 아파트 경비실이 눈에 들어왔다. 경비는 졸음에 빠져 머리를 책상에 푹 박은 채 움직임도 없었다. 엘리베이터를 타고 14층에 올라 내 집 문을 여는 순간 하루 동안의 피로와 힘듦이 쑥 올라와 목이 말랐다. 그럴 만했다. 차로 15분 걸리는 거리를 그것도 눈 덮인 밤길을 걸어왔으니. 뭐든 마셔야했다. 수돗물을 마실 수는 없었다. 이곳은 수돗물을 바로 받아서 생수로 사용할 수 없고 반드시 1갤런 짜리 플라스틱 통에 든 물을 집집마다 사서 비치해두고 그 물을 마셨다. 나에겐 지금 그 물이 남아있지 않았다. 아침에 수도에서 물이 나오지 않아 반 통쯤 남은 물로 세수를 하고 머리를 대충 적시고 이를 닦았기 때문이다. 냉장고를 열었다. 언제 사다 넣어두었는지조차 기억 안 나는 오렌지 주스가 있었다. 이거라도 마시지 않으면 갈증 때문에 꼭 죽을 것만 같았다. 벌컥벌컥 들이켰다. 그리고 마루 위에 곧장 쓰러져 잠들어 버렸다.

"정신이 들어요?" 웅성대는 소리가 희미하게 메아리처럼 들렸다. 살며시 눈을 떴다. 병원? 내가 왜 병원에 있지? 밤새 나한테 무슨 일이 있었던 거야? 필름이 끊긴 듯 전혀 기억에 없었다.

"정신이 들어요? 이름이 뭐죠?" 간호사복을 입은 훤칠한 파란 눈의 백인 남자가 반복해서 묻는다. 난 잠시 생각해야 했다. 내 이름이 뭐지? "제이 리. 마이 네임 이즈 제이 리."

왜 묻는 거냐고 내가 다시 물어봤다. "와이?" 그 간호사는 대답

대신 내 이름을 차트에 적더니 빠른 발걸음으로 누군가를 부르러 갔다. "헬프! 헬프! 쉬 이즈 웨이크!" 내가 깨어났다고 소리를 지르며 병원 복도를 뛰어다닌다. 아직도 이게 무슨 상황인지 판단할 수가 없었다. 내가 누워있는 병실로 여러 명의 의사들이 몰려왔다. 맨 앞에 서있는 하얀 머리의 의사가 또 내 이름을 물었다.

"마이 네임 이즈 제이 리. 와이?"

그 의사는 나에게 무슨 일이 있었는지 설명해주기 시작했다. 정신도 없고 아직 영어를 모국어처럼 쓸 수 있는 건 아니어서 반은 알아듣고 반은 대충 짐작해가며 들었다. 의사 말인 즉 내가 쓰러져 혼수상태로 며칠을 깨어나지 못했다고 한다. 쓰러진 나를 처음 발견한 사람은 아파트 흑인 경비라고 했다. 그도 그럴 게 나는 늘 아침이면 경비실에 있는 흑인 경비 아저씨에게 "하이!" 하고 손을 흔들며 "바이!" 라고 인사하고 경비실을 통과해 내 차를 몰고 나갔기 때문이다. 이게 내 하루의 시작이었다. 그런데 며칠째 나의 하이와 바이를 듣지 못한 경비 아저씨가 이상한 느낌이 들었을 것이다. 또 그 무렵 나는 호보큰역 전신주 앞에 차를 세워두고 문이 열리지 않아 차를 버려둔 채 아파트까지 걸어왔다. 그렇게 며칠이 지나 홀수일에 세워야 될 차가 짝수일에 세워져있는 걸 보고 주차위반 딱지가 붙여졌고 또 붙고 또 붙고... 결국 내 차는 견인됐다. 그래도 차주는 연락이 없고 차를 찾아가지 않으니 차주를 추적하다 아파트 흑인 경비 아저씨에게 연락이 닿은 것이다. 며칠 동안 안 보이는 나를 궁금해 한 경비 아저씨는 내 집 문을 두드리다 급기야 보조열쇠로 문을 열었고 마룻바닥에 쓰러져 정신을 잃은 날 발견했다. 구급차를 불러 인근 병원인 이곳으로 옮겨진 것이었다.

자초지종을 모두 듣고 나니 지금 내 상황이 수긍이 갔다. 그런데 설상가상 내 입술이 엄청나게 두꺼워진 느낌이 들었다. 아직 정신을 차리고 깨어난 후 내 얼굴을 보지 못했는데. 무슨 일이 있었던 건지 얼굴 근육이 거북하고 입술은 벌에 쏘인 것처럼 묵직했다. 간호사에게 손거울을 달라고 부탁했다. 간호사는 거울을 안 보는 게 마음에 안정을 취하는데 더 좋을 것 같다고 한다. 그저 "릴렉스~ 릴렉스~" 하며 나를 진정시키려고 한다. 왜일까? 더이상 궁금증을 참을 수가 없었다. 간호사에게 화장실에 가고 싶다고 일으켜 달라고 호소했다. 간신히 일어나긴 했는데 걸을 힘이 없었다. 비틀비틀 움직여 화장실 거울 앞에 섰다. 오 마이 갓! 거울 속에 비친 내 얼굴은 퉁퉁 부은 메기 같았다. 어느 외계인의 모습도 이렇게 흉하지는 않을 것이다. 여리고 청초한 모습은 간데없고 퉁퉁 부은 얼굴에 누렇게 뜬 피부색에, 부어오른 입술 때문인지 콧구멍은 치켜올려져 막힌 듯 했고 아랫입술은 턱과 분간이 안 갈 정도였다. 누구야? 이게 누구냐고? 간호사는 볼일 다 봤으면 나오라고 한다. 이 실망과 좌절감을 어찌해야 하나. 다시 간호사의 도움을 받아 침대에 누웠다. 간호사는 옆에서 며칠만 있으면 쥐독이 빠질 거라고 말해줬다. 쥐독....

내가 오렌지 주스를 마시고 마룻바닥에 쓰러져 정신을 잃은 그날 밤. 굶주림에 시달린 고양이만 한 쥐들이 내 입술에 묻어있는 달콤한 오렌지 주스 냄새를 맡고 입술을 핥아먹은 것이다. 여러 마리 쥐들이 내 입에 마구 키스를 퍼부었을 상상을 하니 온몸에 소름이 돋았다. "아악!" 나도 모르게 소리를 질렀다. 간호사는 진정하지 않으면 정신과 치료까지 받아야 한다고 "플리즈 컴 다운. 잇츠 고나 비 오케이"하며 달랬다. 지금 내 형편에 단 1불도 여유가 없는데 병원비는 무슨 돈으로 감당하나. 정신과 병력까지 더해지면 직장은 어떻게 다니고... 난 곧장 간호사에게 "오케이. 땡큐"를 연발했다. 부어터진 입술은 되도록 덜 움직이려고 노력했다.

드디어 올 것이 왔다. 이 병원에 입원한지도 열흘이 되어갔다. 기분은 나아졌고 볼과 입술도 그럭저럭 제자리를 찾아가고 있었다. 누렇게 뜬 피부도 화색이 돌기 시작했다. 이제 퇴원을 해야 하는데... 병원비는? 암담했다. 그냥 야밤에 도망칠까, 돈 없으니 배 째라고 할까, 병원에서 일 한다고 할까... 별 생각을 다 해봤다. 분명 어마어마한 병원비가 나올 텐데. 인디언 의사가 병실로 들어왔다. 발음이 썩 좋지 않고 인턴인지 레지던트인지 알 수 없는 그가 나에게 해준 기적 같은 말 한마디.

"아 윌 디스찰지 유. 쏘 유 캔 고 홈."

내가 널 퇴원시킬 테니 수속을 밟고 집으로 가.

의사는 말을 이어나갔다. 병원비는 집에 가있으면 청구될 거고 만만치 않은 금액이겠지만 형편대로 조금씩 나누어서 평생 내도 된다고. 여기가 천국이구나! 사람의 생명을 우선으로 하는 멋진 나라! 하나님 감사합니다! 제가 돈 한 푼 없이 남의 나라에서 목숨을 구하고 다시 태어났습니다. 이제 절대로 불평불만하지 않고 다시 태어난 마음으로 열심히 살겠습니다. 저를 지켜봐 주세요!

　병원을 빠져나와 나의 소중한 보금자리인 아파트로 달려갔다. 내 나라에서 이런 일이 있었다면 어땠을까. 누군가 퇴원 동의서에 보증을 서야 했을 거고 이렇게 순조롭게 병원을 나오진 못했을 거 같다. 미국 시민권을 반드시 취득해서 이 나라 시민으로 떳떳이 살아가리라 굳은 결심을 하게 됐다. 물론 쉽지만은 않겠지만.

　예상치 않은 일로 직장에 나가지 못했다. 우선 닥터 노트와 함께 직장에 연락을 해야 했다. 그리고 아들을 맞이할 준비도 서둘러야 한다. 그래도 불행 중 다행이다. 건강을 되찾고 몸도 추스를 수 있어서.

오 마이 베이비. 모자상봉!

존 에프 케네디 공항. 노심초사 눈을 뗄 수 없다. 수없이 많은 인파 속에서 과연 내 아들을 알아볼 수 있을까? 인큐베이터에서 갓 나온 핏덩이를 엄마 손에 맡기고 등도 돌릴 수 없이 가슴 아픈 추억만 간직한 채 김포공항을 빠져나오던 그날.

엄마 등에 업힌 아들 준이를 다시 한 번 쳐다보면 발길을 뗄 수 없을 것 같았다. 내 모든 결심이 무참히 주저 앉을까봐. 그렇게 아들을 쳐다볼 용기조차 내지 못하고 여권을 쥔 손에 굳게 힘을 주었다. 못내 아쉬운 발걸음을 떼던 그 순간... 절대 아니 영원히 나는 잊지 못한다. 피가 거꾸로 솟는 그 느낌. 피를 토하고 싶은 그 아픔과 비통함 그리고 처절함. 그 순간이 있었기에 지금 나는 이곳에 서서 한눈 팔 새 없이 긴장과 초조함으로 입국장을 나오는 사람들의 모습을 지켜보고 있다. 얼마나 많은 시간이 흘렀을까. 초조함과 긴장이 불안

138

감으로 바뀐 그때. 초록색깔 알록달록 수놓아진 포대기를 동여맨 60대 중반쯤 되어 보이는 아주머니의 등에 매달린 아이의 발이 대롱대롱 흔들리는 걸 보았다.

"엄마! 엄마! 엄마!! 나 여기 있어! 나 보여? 여기! 여기..."

수많은 인파 속에서 내 목소리를 찾아 두리번거리는 엄마의 모습을 보고 이리 껑충 저리 껑충 있는 힘을 다해 손을 흔들며 다가갔다. 그리고 아이의 발목을 잡았다.

"엄마! 나야. 제이야..."

촌스럽기 짝이 없게 뽀글뽀글 볶아놓은 파마머리가 적당히 좋아 보였다. 파마기 없는 추레한 모습보다는 훨씬 낫다. 엄마의 외모에 관한 관심도 잠깐, 포대기로 할머니 등에 딱 달라붙어 발을 통통 치는 어린 준이의 모습에 나는 그만 울음을 터트리고 말았다. 절대 울지 말아야지, 우리 아들을 보면 기쁜 웃음으로 맞이해야지 했던 다짐은 모두 잊고 그 많은 인파 속에서 대성통곡을 했다.

"모자 상봉! 이산가족 상봉! 오 마이 베이비! 오 마이 베이비!!"

난 공항 바닥에 털썩 주저앉았다. 기쁨과 슬픔이 엇갈리는 두 번째 순간. 우리 준이를 낳았을 때 "아들이에요"라는 말을 듣고 지금과 똑같은 감정을 느꼈었는데. 무릎도 성치 않으신 엄마가 무릎을 구부려 내 옆에 앉으셨다. 그리고 내 손을 잡고 같이 대성통곡을 하신다. 영문도 모르는 준이는 맞장구를 치듯 같이 엉엉 울기 시작했다. 엄마는 "이제 그만 울자. 아기 놀라겠다" 하시곤 내 손을 잡고 일어나셨다. 우리 준이의 볼에, 이마에, 머리에 정신없이 뽀뽀 세례를 퍼부었다. 작고 예쁘고 그저 귀엽기만 한 발가락에도 뽀뽀를 했다.

내가 그토록 그리던, 너무 보고 싶어 밤마다 비행기 지나가는 소리가 나면 미친년처럼 뛰쳐나가 하늘을 보며 울었던, 그 아기가 내 앞에 현실로 나타났다. 이 순간의 기쁨과 슬픔은 그 누구도 알 수 없을 것이다. 자식을 팽개치고 남의 나라로 와 그토록 애절하게 그리워해보지 않은 사람은 지금의 나를 절대 이해할 수 없다. 하나님, 감사합니다. 이렇게 살아서 우리 아기를 만날 수 있게 해주셔서.

보잘 것 없는 작은 월세 그것도 원룸 아파트지만 그래도 엄마와 나 우리 아기 준이까지 마룻바닥에 나란히 누웠다. 철모르는 준이는 천장이 신기한지 두리번두리번 쳐다보고 옹알이를 한다. 이렇게 세 식구의 찢어지도록 가난한 미국 생활이 시작되었다. 그 후 이 주일쯤 지났을까.

"난 이제 한국으로 가야겠다. 어느 정도 자리도 잡은 것 같고. 가서 큰언니 애들도 돌봐줘야 언니도 직장을 나갈 수 있으니까."

엄마가 한국으로 돌아간다고 하셨다. 그 무렵 큰언니에겐 두 아이가 있었는데 막내는 준이보다 좀 더 늦게 태어난지라 엄마의 손이 많이 가는 시기였다. 큰언니 가정 형편도 어렵긴 마찬가지였다. 두 아이를 돌보면서 직장을 다니는 게 만만치 않았다. 거기다 우리 준이까지 보태고 온 터라 눈치 보며 사시던 엄마는 "애는 애미가 키워야지" 하고 준이를 미국으로 데려오셨다. 큰언니는 어려운 형편에 우리 아이 기저귀까지 사다가 채울라치면 속에서 열불이 터졌을 것이다.

140

하기스라는 팬티형 기저귀 값이 만만치 않아 어려운 형편에 세 아이 기저귀를 사다 쓰는 건 쉬운 일이 절대 아니다. 아무리 그렇다고 해도 큰언니에게 섭섭한 건 어쩔 수 없었다. 아이가 보고 싶고 목소리라도 듣고 싶어 공중전화 카드를 사서 국제전화를 하면 저 뒤로 메아리처럼 들리는 소리… '네 아들 빨리 데려가. 고아원 갖다 주기 전에. 나도 너무 힘들어. 내 새끼 보기도 힘든데 네 새끼까지 내가 키워야 하나. 빨리 데려가' 이 소리에 엄마는 큰형부와 큰언니 눈치를 보느라 몹시 견디기 어려우셨던 모양이다. 나 역시 형편이 어려워 자리 잡을 때까지 엄마에게 아이를 잠시 맡겨놓고 떠나왔지만 남의 나라 땅에서 영어도 못하는데 뭐 그리 대단한 일자리를 잡아 다달이 엄마가 사시는 도내리 월세랑 아이 우윳값 기저귀 값을 넉넉하게 보낼 수 있었겠는가. 그저 쥐꼬리만 한 돈으로 내 목구멍에 풀칠하기도 바쁘고 빠듯했다. 그 형편을 아시는 엄마는 나에게 부담을 주기 싫으셨고 타지에서 고생할 당신 딸을 걱정하셔서 밀린 월세를 보증금에서 다 까고 몇 푼 남지 않은 돈을 들고 큰언니의 아파트로 준이와 함께 들어가셨다. 유난히 자존심만 센 내가 우리 아이 구박 당하는 걸 두고 볼 수는 없었다. 없는 돈으로 간신히 비행깃값을 마련해 엄마를 이곳으로 오시게 했다. 준이를 데리고.

아이가 있으면 직장 생활하기 힘든 건 미국도 한국과 별 반 다를 게 없다. 당장 엄마가 가시면 난 어쩌고 또 준이는 어쩐담… 그래도 별 묘책은 없었다. 엄마는 한국으로 돌아가셔야 하고 나와 준이는 또 다시 역경 속에 내던져진다.

　　엄마를 공항에 모셔다 드렸다. 아이가 와서 좋지만 당장 출근부터 걱정이다. 그래도 다행히 아이가 착하다. 있는 듯도 안 하고 울지도 않는다. 먹을 것만 주면 혼자 슬슬 기어 다니면서 별거 아닌 장난감을 가지고도 잘 논다. 무식하면 용감하다고 했던가. 무식하다 못해 무지한 나는 미국 법을 모른다. 아니 알고 싶지도 않다. 15세 미만의 어린이는 집에 혼자 둘 수 없다. 발각되면 아이를 뺏기고 감옥에 간다. 하지만 이걸 안들 달라질 게 없다. 한국에서 올 때 챙겨온 긴 실로 뜬 머플러를 풀어 긴 끈으로 다시 뜨기 시작했다. 이 끈으로 아기를 식탁 다리에 묶을 거다. 출근하기 전 과자와 먹을 것을 챙겨 아이 손이 닿기 좋은 곳에 여기저기 던져놓고 장난감도 안전한 것으로 이곳저곳에 놔둘 거다. 내가 일을 끝내고 돌아올 때까지 아이가 혼자 놀 수 있도록.

　　이렇게 사나흘이 흘렀다. 불행 중 다행인지 아이는 아무 문제 없이 잘 놀아주었다. 집에 돌아와 아이를 붙잡고 대성통곡을 했다. 이렇게 사느니 아이와 같이 목숨을 끊는 것이 낫지 않을까. 나쁜 생각이 머리를 스쳤다. 집 문을 열고 들어오면 온통 아이 오줌똥 냄새가 났다. 아침에 채워놓은 종이 기저귀는 하루 종일 싸는 오줌과 똥을 견디지 못해 줄줄 새 바닥에 깔아놓은 포대기에 다 묻었다. 아이가 먹다 남은 과자 부스러기와 우유에는 어디서 들어왔는지 벌레들이 꼬여 아이 얼굴, 다리, 등에서 맴돌았다. 더이상 이 상황을 유지할 수 없었다. 베이비 시터(아기 돌보미)를 알아봐야 했다. 간신히 히스패닉 계 아기 엄마를 만났다. 우리 아이를 돌봐주겠다고 했다. 비용은 일주일에 50불. 내가 겨우 시간당 6불을 버는데... 시간당 6불씩 일주일에 40시간을 일하니까 한 달에 960불을 번다. 거기서 집세 270불, 내 차비 90불, 자동차 할부금 150불, 보험료 120불, 생활비 (기저귀, 식료품...) 100불은 필요하고 이젠 베이비 시터비까지... 이렇게 계산하니 남는 돈이 없다. 그래도 살아내야 하는 고달픈 삶이다. 어쨌거나 베이비 시터를 찾은 건 다행이지만 50불이 지출돼야 하는 건 불행이다. 이것이 미국 생활의 현주소다.

그렇게 준이는 히스패닉 계 아이 엄마인 카트리나에게 맡겨졌다. 나는 그나마 안심하고 일을 다닐 수 있었다. 이제 더이상 아이가 여기저기 부딪혀 시퍼렇게 멍든 모습을 보지 않아도 된다. 엄마를 기다리면서 그 어린 게 혼자 울다 지쳐 눈물과 콧물로 범벅이 된 얼굴을 보지 않아도 된다. 아마도 모르는 사람들은 다른 데서 돈을 줄이면 되지 않느냐고 할지 모른다. 그럼 난 그들에게 '네가 한번 살아봐라'라고 반박하고 싶다. 아니 한 대 쥐어박고 싶다. 식당일까지 하며 밤늦게 귀가해 마치 밤도둑처럼 아이를 옆에 눕히고 곯아떨어지면 다음날 아침에 다시 아이를 말도 안 통하는 히스패닉 여자 집에 맡긴다. 엄마 소리도 못해 엉엉 우는 어린 자식을 보는 내 심정을 아느냐고...

긴 겨울이 지나면 봄은 멀지 않으니. 내 비장의 무기는 아직 내 손안에 있다. 그것은 오직 희망이다, 라고 말 한 나폴레옹이 떠올랐다. 내가 살아가고 있는 이 땅은 고통으로 가득 찼지만 그것을 극복하며 사는 사람들 또한 많음을 매일 매일 몸으로 깨닫는다.

모든 슬픔은 등 뒤로 사라지고...

기회란 기회를 쫓는 자에게 오는 것일까? 아니면 기회를 버린 자에게 오는 것일까?

누구에게나 평생 동안 세 번의 기회가 온다고 한다. 과연 이게 내 첫 번째 기회일까? 아니면 마지막 남은 기회일까? 뭐가 됐든 중요하지 않다.

화장품 매장 매니저 데피니가 점심시간에 나를 보자고 한다. 그의 사무실로 불려 들어가 자리에 앉았다. 또 무슨 일이람? 병원에 입원하느라 여러 날을 결근해서 잘리는 걸까? 그래도 할 말은 없다. 무단결근을 그렇게 오래 했으니. 어떻게든 핑계를 대봐야겠다. 이 직장이 없으면 살 수 없으니까...

데피니가 말문을 열었다.

"제이. 내가 너에게 좋은 기회를 주려고 하는데. 네가 좋아했으면 좋겠어."

기회를 준다고? 좋은 기회?

데피니는 설명을 마저 했다. 테네시라는 주에 새로 생긴 딜러드 라는 백화점에서 시세이도 화장품 매장 매니저를 구한다고, 추천을 해달라는 연락이 왔단다. 유독 나를 챙겨주고 좋아해주던 데피니는 그 매니저로 나를 추천한다고 했다. 뉴저지를 떠나 테네시라는 주에 있는 소도시인 멤피스로 가 좋은 직장에 높은 월급을 받으며 아들과 함께 편안한 삶을 시작해 보는 게 어떠냐고 했다. 이곳 뉴저지는 뉴욕과는 조금 다르지만 그래도 버는 수입보다 나가는 지출이 더 많아 아이를 데리고 살아가기엔 턱없이 부족한 상황이라는 걸 그녀는 알고 있었다. 무엇보다 얼마 전 나의 입원 소식을 듣고 이전보다 크게 나를 염려해주는 그녀였다.

그 큰 자리에 나를 추천해 주다니! 그래도 인심은 잃지 않았나 보다. 할머니의 말씀이 갑자기 생각난다. "저만 잘하면 절에 가도 젓국을 얻어먹어" 깐깐하기로 소문난 데피니가 나를 좋게 봐준 게 고맙다. 뭐든지 열심히 하고 그게 누군가의 눈에 띄는 게 가장 중요한 것 같다. 나 혼자 열심히 한다고 누군가 알아주는 게 아니다. 열심히 하면서 누군가의 눈에 그 모습의 진정성이 비추어질 때 효력이 발생한다는 또 하나의 법칙을 깨달았다.

기쁜 마음으로 여기저기 전화를 돌렸다. 파파 단에게, 세정이에

145

게, 또 이곳에서 사귄 많은 미국 친구들에게. 모두가 기뻐해주었다. 나를 위해 송별파티까지 열어주기로 했다.

우선 짐을 챙겨서 싸야한다. 뉴저지에서 멤피스 테네시까지는 차로 운전해서 무려 22시간 남짓을 가야한다. 누군가에게 도움을 청해야 했다. 나 혼자 그 먼 곳까지 운전을 하고 갈 수는 없다. 일단 든든한 남동생에게 전화를 걸었다. "누나가 이사를 가야하는데 와서 좀 도와주지 않을래?"

동생은 흔쾌히 도와주겠다고 했다. 동생은 한국에서 그리 크지 않은 전선공장을 운영하고 있었다. 누나가 사는 것도 볼 겸해서 힘들지만 꼭 와달라고 했다. 동생은 바로 비행기 표를 끊었다. 누구보다 차분하게 운전을 하는 남동생이 와준다니 더없이 든든했다.

송별파티도 벌이고 친구들과의 좋은 추억을 쌓고, 드디어 그날이 왔다. 단출한 가방 두 개, 아들 준이, 남동생 그리고 나 이렇게 셋이 분주하게 계란을 삶고 김밥을 싸고 마치 소풍이라도 떠나듯 차에 올랐다. 동생이 바꿔 온 국제면허증이 쓸모 있게 사용되었다. 콧노래를 부르며 나의 모든 어려움과 슬픔을 뉴저지에 묻듯 등 뒤로하고 미국에서의 새로운 제2의 삶을 향해 시동을 걸었다. 아픔과 슬픔은 더이상 나를 따라오지 않기를. 사라지거라.

핼러윈 데이
(핑크 파워레인저)

　일을 마치고 빠른 걸음으로 '파티 시티'라는 상점을 찾았다. 이곳은 파티에 쓰이는 모든 용품을 파는 곳이다. 10월 31일, 핼러윈 데이답게 상점 안은 무슨 토네이도라도 휩쓸고 지나간 듯 어수선했다. 미국 사람들에게 이날은 특별한 날인데 죽은 영혼이 다시 살아나고 정령이나 마녀가 출몰한다고 믿는다. 그것들을 놀래주기 위해 사람들은 유령이나 특별한 인물 등의 복장을 하고 축제를 즐긴다. 특히 부모들은 아이들을 데리고 다른 집들을 다니며 대문 앞에 놓인 사탕과 초콜릿을 준비해간 바구니에 가득 담아 집으로 돌아온다. 상점이 문을 닫기 10분 전이다. 서둘러야 한다. 우리 아들 준이가 내가 돌아오기를 눈빠지게 기다리고 있을 테다. 상점 안에 소란스럽게 어질러진 물건들 중 뭐 하나라도 건질 게 있나 열심히 뒤진 끝에 겨우 하나 찾았다. 한참 어린 아이들 사이에서 유행하는 파워레인저 커스텀 복장 이었다. 그런데 하필 분홍색밖에 남아있지 않았다. 이건 여자아이들 건데... 파란색 초록색 분홍색 중 하나 남아있는 게 분홍색이라니. 안타까워할 때가 아니다. 지금 찬밥 더운밥 가릴 새가 없다. 이거라도 가져가야만 한다. 어린 아들에게 출근 전 손가락까지 걸며 약속을 했다. 반드시 좋은 커스텀 복장을 사가지고 오겠다고. 그러나 월급이 아직도 이틀이나 남아서 당장 손에 쥔 돈이 없었다. 겨우 10불 남짓. 이 돈으로 살 수 있는 건 많지가 않다. 내가 찾은 핑크 파워레인저 커스텀 복장은 8.99불이었다. 원래는 40불인데 문 닫기 막판 세일이 들어가 운 좋게도 가진 돈에 딱 맞기는 했다. 세금을 포함해서 겨우 내가 가진 돈으로 계산을 했다. 나는 기쁨의 미소를 지으며 집으로 돌아와 준이를 불러댔다. 기다리다 지친 준이는 깜빡 잠이 든 모양이다. "준아! 파워레인저 옷 사왔어!" 소리에 잠에서 깬 준이가 후다닥 뛰어나왔다. 잠결에 정신없는 와중에도 핑크 파워레인저 복장을 본 준이는 엄청나게 실망한 눈치였다. "마미. 이거 여자 건데... 나 안 입어. 애들이 놀려..." 준이는 징징댔다. 난 그런 아들에게 소리를 버럭 질렀다. "핼러윈에 여자는 남자 복장을 남자는 여자 복장을 해!" 이것도 설득이라고 하는 건지 횡설수설하다 기어이 야단까지 쳤다. 그리고 아들의 내복바지를 훌렁 내리고 사온 핑크색 파워레인저 옷을 입혔다. 마지못해 입은 옷이라 준이는 전혀 기뻐 보이지 않았다. "껌껌해지면 핑크색도 다 까맣게 보여. 남자 파워레인저 옷으로 보여. 괜찮아." 시무룩한 아들을 연신 달랬다.

해가 점점 기울어 날이 어두워졌다. 사탕을 담을 바구니를 준비해야 한다. 각 집 앞마다 놓인 사탕을 한 주먹씩 집어 바구니에 담아 집으로 가져오면 되는데 마땅한 바구니가 없다. 겨우 찾아낸 플라스틱 통 하나는 밑바닥에 살짝 금이 가 있었다. 말이 플라스틱이지 너무 얇아 뭘 넣으면 툭 하고 밑으로 다 쏟아질 것 같았다. 급히 스카치테이프를 찾아 밑바닥에 덕지덕지 붙였다. "자. 됐다. 이제 나가자." 어린 아들 손을 잡고 동네 어귀로 나왔다. 한 집 한 집 돌면서 사탕을 바구니에 주워 담았다. 거의 한가득 찬 거 같아 이제 그만 집으로 돌아가자 하고 집으로 돌아왔다. 옷을 갈아입으려고 내 방으로 들어갔는데 준이가 엉엉 울며 내방으로 쫓아 들어왔다.

"왜 그래, 무슨 일이야?"

"내 사탕이 다 없어졌어..."

"무슨 소리야? 사탕이 없어지다니?"

"여기 꽉 차있었는데 이것밖에 없잖아."

설움에 못 이긴 준이는 더 크게 울었다. 진짜 준이가 들고 있는 바구니 안에는 사탕이 몇 개 남아있지 않았다. 아이고 이런... 금이 간 바구니 밑바닥에 붙여놓은 스카치테이프가 사탕 무게를 견디지 못하고 떨어져 버린 것이다. 가득 담겨있던 사탕은 구멍을 통해 길바닥으로 하나둘씩 떨어진 거고. 너무 황당했다. 이 사탕을 다 어쩌지? "준이야. 엄마가 내일 사줄게. 더 많이."라고 달래도 말이 통하지 않는다. 하는 수 있나. 아이의 성화에 못 이겨 손전등을 들고 밖으로 나왔다. 인적이 드물고 조용한 동네이니 걸어온 길을 되짚어 가보기

149

로 했다. 아니나 다를까! 우리가 걸어온 발자국마다 사탕들이 드문드
문 떨어져 있었다. 그렇게 거꾸로 걸어가며 사탕들을 주워 담았다.
어쩐지 '헨젤과 그레텔' 이야기가 떠올랐다. 그나마 다행이었다. 아
들을 실망시키지 않아서.

American Dream
무작정 GO! 마이웨이

→ **해 뜰 날**

스윗 홈 마이 하우스 | 내님은 누구일까? 어디 계실까?

스윗 홈 마이 하우스

"기회는 위기와 붙어있다. 기회가 지나가면 위기가 오고 위기가 지나가면 기회가 온단다."

나에게 찾아온 이것은 과연 기회일까 아니면 위기일까? 분명 나의 위기는 이미 지나갔다. 그동안 겪은 모든 일들로... 이것이 기회라면 결코 놓쳐서는 안 된다. 온몸으로 꽉 붙잡아야 한다. 적은 월급으로 월세에 자동차세 그리고 공과금 아이 학교 보내고... 모든 게 너무 불 보듯 뻔한 빠듯한 생활이다. 한국도 마찬가지겠지만 미국에서는 부부 중 한쪽이 돈벌이가 없으면 생활고로 휘청한다. 혼자 살던 둘이 살던 내야 할 건 정해져있기 때문이다. 나는 이제 노련하게 '돈질'을 잘 한다. 어떤 것을 줄여야 하고 어떤 것은 포기해야 하고 어떤 건 적게 사야 하는지 양 조절도 자동으로 할 수 있다. 식료품을 사러 가면 대충 집어 들어 장바구니에 담아도 내가 쓰려고 했던 예산과 거의 일치했다. 절약 절제를 하지 않으면 살아남을 수가 없다. 100퍼센트 진한 오렌지 주스 대신 2퍼센트 멀건 오렌지 주스를 사야하고 가게가 거의 문 닫을 시간에 가서 막판 세일하는 물건을 사야한다. 애초에 아주 저렴한 물건들을 파는 좀 덜 고급 진 가게로 찾아간다. '알디'라고 하는 가게다. 이곳은 모든 식료품의 가격이 저렴한데 형편이 여의치 않은 사람들이 주로 찾는 곳이다. 나는 오늘도 가장 싸고 저렴한 그러나 시들어도 물에 담그면 다시 살아나 생기를 발하는 시금치나 브로콜리를 산다. 집으로 돌아와 식료품들을 정리하는데 전화가 울렸다. 같이 일하는 스테파니였다.

"제이. 우리 남편이 다른 곳으로 발령을 받아 이사를 가야 하는데 혹시 우리 집에 세 들어 살 생각 있어?"

그 때 나는 아주 낡고 오래된 '타운 하우스'라는 아파트 비슷한 콘도도 아닌 뭐 그런 곳에 살고 있었다. 겨우 집세를 내고 나면 빠듯한 생활인데 언감생심 집을 월세로 살 수 있겠는가? 턱도 없는 사치였다. 그런데 조건이 너무 달콤했다. 스테파니의 제안은 내가 월세를 850불을 내면 그중 250불은 저축을 해주겠다는 거였다. 즉 월세를 600불에 살고 2년 계약 후에는 250불씩 24개월 6,000불(약 600만원)의 돈이 저절로 모여진다. 그럼 내가 버는 돈을 더해 융자를 얻어 그 집을 살 수 있다고 한다. 집 매매에는 종잣돈이 필요하다. 겨우 목구멍에 풀칠하기 바쁜 내가 무슨 여유가 있어 내 집 마련 할 종잣돈이 있겠는가. 그런데 그게 가능할 수 있다는... 밤새 종이에 적고 머리를 굴려 기회일까 위기일까, 돈을 다 집세로 써버리면 어쩌나 생각하다 날이 밝았다. 바로 스테파니를 만났다. 내 마음속에 내 집 마련의 꿈이 꿈틀거리기 시작했다. 한번 질러보는 거야. 어차피 인생은 도박이야. 이보다 더 좋은 조건은 없어. 그나마 스테파니가 같이 일하는 동료니까 나를 잘 알아서, 열심히 사는 내 모습이 좋아서, 남편과 상의해 기회를 준 거야. 나는 이 기회를 잡아야 했다. 흔쾌히 "예스"라고 말했다. 그녀가 쓰던 가구와 생활용품들은 보너스로 얻었다. 정말이지 나는 행운아다. 미국에서 내 집을 장만할 기회가 주어지다니. 싱글맘에 형편도 어려워 겨우 살아가는 나에게 이 무슨 호화스런 일인가. 눈물이 흘렀다. 이 눈물은 기쁨과 감격, 행복의 눈물이다.

하늘은 스스로 돕는 자를 돕는다고 했던가? 맞다. 난 나를 스스로 도왔다. 열심히 일하고 남이 인정할 정도로 정직하고 힘차게 살아왔다. 그것이 오늘 나에게 하늘이 주는 보상으로 돌아온 것이다.

3일 후면 이사를 한다. 방 3개 화장실 2개... 한국에서도 화장실 2개짜리 주택에서 살아본 적이 없다.

"제이 리, 축하해! 이건 이제 네 집이나 다름없어. 잘 가꾸고 관리하고 세 식구 행복해야 해."

스테파니는 마지막 인사를 나누고 이삿짐을 싣고 텍사스로 떠났다. 준이를 번쩍 안아 내 어깨에 목말을 태웠다. 준이와 함께 노래를 부르며 온 집안을 돌아다녔다. 집안엔 스테파니가 주고 간 다리 부러진 침대와 매트리스, 이불, 그릇 몇 개가 있다. 그래도 기쁘다. 내가 세상에 태어나 처음으로 내 이름으로 가진 내 집이다. 2년을 열심히 살고 나서 그 후에 다시 모아진 돈을 보증금으로 넣고 은행에서 융자를 받아 사야하지만 그래도 기쁘다. 밤새 집안 구석구석을 쓸고 닦느라 한잠도 못 잤다. 우리 집엔 리모컨만 누르면 자동으로 문이 올라가는 차고도 있다. 차고 안에는 차를 두 대나 댈 수 있다. 이젠 밖에 차를 세워두고 추운 겨울 종종걸음으로 차까지 걷지 않아도 된다. 비가 와도 비를 맞지 않아도 된다. 아... 난 부자다. 진정한 부자다. 엄마가 오셔도 엄마랑 준이가 각자 방을 따로 가질 수 있고 그 사이에는 욕조가 딸린 화장실이 있다. 내 방 안에는 마스터 베드룸이라고 하는 욕실이 딸려있다. 한국같이 장롱을 들고 이사 다니는 건 이미 호랑이 담배 피우는 시절의 이야기가 되어 버렸다. 냉장고도 장롱도 다 되어있다. 언젠가 뉴욕에 살 때 마음이 울적하고 내 자신을 포기하고 싶은 크리스마스 즈음 베이사이드라는 곳으로 정처 없이 걸어 보곤 했다. 작고 예쁜 집들 앞에는 눈사람이 놓여있었고 크리스마스 장식들이 밤새 반짝반짝 빛났다. 굴뚝에서 나오는 뽀얀 연기는 내 마음을 더욱 심란하게 만들었다. 난 혼자 외쳤다. "나도 꼭 내 집을 장만해서 크리스마스 트리도 하고 집 앞에 내 꽃밭도 가꾸고 뒤뜰에는 한국 고추랑 상추 깻잎도 심어서 싱싱한 채소로 밥상을 차려 먹을 거야" 꿈은 꾸면 이루어진다. 지금 난 그때의 나를 떠올리며 행복한 눈물을 흘린다.

내님은 누구일까? 어디 계실까?

    정신없이 달려왔다. 삶의 고통과 괴로움을 달래도 보고 채찍질도 해보고. 때로는 반성하고 후회하면서. 그러나 힘들다고 푸념할 잠시의 여유도 없었다. 같은 화장품 코너에서 일하는 캘 리가 오늘 저녁 일 끝나고 뭐 할 건지 물어왔다. "글쎄?" 토요일이었다. 아, 주말엔 두 번째 직장이 기다리고 있지. 백화점 화장품 코너 일을 아침 10시에 시작해 오후 6시에 끝마치면 곧장 두 번째 일을 하러 가야 했다. 이때는 일본 식당(하바찌)에서 아르바이트를 했다. 이 일본 식당은 미식가들이 많이 찾는 꽤 유명한 식당이었다. 백화점 타임카드에 종료시간이 찍히면 쉴 틈 없이 달려가 바로 기모노를 걸쳐 입고 쟁반을 들고 뛰어다녀야 한다. 어떤 날은 다리가 퉁퉁 부어 더이상 서있기도 힘들어 화장실 변기에 엉덩이를 걸치고 잠깐이라도 쉬었다. 길어야 1분 짧으면 30초. "미스 리! 뭐해?" 밖에서 날 찾는 소리가 들

●●● 해 뜰 날

린다. 아휴... 1분도 내 마음대로 쓰지 못하는구나. 별 수 있나. 빨리 포기해야 했다. 벌떡 일어나 나가야지.

"매니저님. 저 오늘은 좀 일찍 퇴근해도 될까요?"

바쁜 시간에 염치없이 양해를 구했다. 백화점 화장품 코너에서 회식이 있었다. 이번에는 절대로 빠지지 말라는 엄포를 놔서 부득이 하게 부탁을 했다. "죄송합니다. 내일은 더 열심히 일 할게요." 오케이 허락이 떨어지기도 전에 고맙습니다! 인사를 꾸벅 하고 가방을 챙겨 나왔다. 앞치마도 두른 채로 말이다. 서둘러 집으로 가 클럽 분위기가 나는 옷으로 갈아입고 동료들과 만나기로 한 다운타운을 향해 차를 몰았다. 난생 처음 가보는 미국의 나이트 클럽! 가슴이 쿵쿵 뛰었다. 조금은 겁도 나고 조금은 흥분도 되고. 시끄러운 소음 속으로 들어갔다. 도무지 아무도 찾을 수가 없었다. 휘황찬란한 불빛은 천정에서 빙글빙글 돌았고 무대 위엔 밴드가 노래를 부르고 있었다. 무슨 노래인지도 모르지만 신이 났다. 나도 모르게 엉덩이가 살랑살랑 흔들리고 춤을 추기 시작했다. 그나저나 동료들을 찾아야 하는데 어떻게 찾는담. 에라 모르겠다. 기왕 온 거 신나게 놀고 가자고 맘먹으니 무서움도 사라졌다. 검은 피부에 하얀 이를 살며시 드러내며 같이 춤을 추자고 은근슬쩍 접근하는 남자가 있는가 하면 키도 크고 덩치도 큰 노랑머리의 남자도 접근해 왔다. 그때 누군가 내 등을 찰싹 하고 쳐서 깜짝 놀라 뒤돌아보니 동료 스테이시였다. "하이!" 이제야 동료를 만났네. 그런데 그 뒤를 이어 키가 크고 바짝 마른, 머리는 밤톨 같이 깎은 남자가 반갑다며 영어로 인사를 해왔다. 나도 반갑다는 인

158

사를 해준 후 관심을 끄고 추던 춤을 계속 췄다. 이 남자는 내게 더 다가왔다. 같이 춤을 추길래 이름이 뭐냐고 물었다. "마이 네임 이즈 마크"라고 대답한다. 우리는 한참을 말없이 시끄러운 음악에 따라 춤을 췄다. 갑자기 조용한 블루스 음악으로 바뀌자 같이 춤을 추겠냐고 그가 정중하게 물었다. 블루스에 맞춰 그와 춤을 추면서 나는 또 그에게 직업이 뭐냐고 물었다. 경찰관이란다. 어머나. 내가 제일 싫어하는 직업이 경찰관인데. 내가 초등학교 6학년 때의 일이다. 친구 아버지가 군대 출신으로 경찰관을 하셨다. 가끔씩 친구 집에 놀러 가면 그 아버지는 우리를 꼭 죄인 취급하듯 대했고 밥을 먹을 때도 꼭 일렬로 줄을 세우곤 했다. 말투 자체도 너무 딱딱하고 무섭게만 느껴졌다. 그때부터 경찰관이 싫었다. 그런데 마크는 왠지 그런 느낌이 안 들었다. 사슴같이 큰 눈매는 선한 눈빛을 하고 있었고 배려가 몸에 밴 듯 매너까지 좋았다. 굉장히 어려 보여 나이를 물어봤다. 나보다 8살이나 어렸다! 내 나이는 어떻게 말해줘야 하나... 그냥 농담 반 진담 반으로 "아마 내가 첫사랑에 실패만 하지 않았다면 네 나이만 한 아이가 있었을 걸"이라고 해 버렸다. 그런데 어머? "아이 돈 케어"란다. 상관없다니. 숫자는 그냥 숫자일 뿐 아무것도 아니라면서 검지로 자기 이마를 가리키고 또 자기 가슴을 찍으면서 그저 생각에 지나지 않는다고 덧붙였다. 하지만 그의 나이를 알고 나니 더이상 가까이 다가갈 수 없었다. 물론 내가 바라던 이상형은 아니었다. 난 키가 크고 덩치도 크고 온화하고 자상한 웃음을 지닌 남자를 꿈꿔왔다. 그래도 직장 동료의 친구니까 좋게 대했다. 그는 춤도 잘 춰서 우리는 거의 4시간 정도를 쉬지 않고 춤을 췄다. 그 덕분에 귀찮게 알짱

●● 해 뜰 날

거리는 다른 남자들도 없어졌고 즐겁게 놀 수 있었다. 어느새 시간은 12시가 돼있었다. 난 유리구두를 잃어버린 신데렐라처럼 서둘러 클럽을 빠져나왔다. 베이비시터 집에 맡긴 아들을 12시 30분까지 데리러 오라고 했기 때문이다. 그런데 마크가 쫓아 나왔다. "집이 어디야? 어떻게 갈 거야? 전화번호는 뭐야?" 내가 딱 한 잔 마신 마가리타에 얼굴이 빨개진 걸 보고는 "운전 하면 안 돼. 내가 바로 폴리스야"라며 경찰 배지를 내민다. 난 마음이 너무 급해 내미는 손을 무시하고 돌아섰는데 그가 돌연 내게 키스를 했다. 마지막으로 하나만 묻겠다며 내 전화번호를 또 물어봤다. 하는 수없이 적어주었다. 그는 내 전화번호를 받아 쥐고 아쉬움 가득한 표정으로 보내줬다. 차를 급히 몰아 베이비시터 집에 도착했다. 밤이 너무 늦어 초인종을 누르기도 미안했다. "준! 준!" 아들 이름을 살살 불렀다. 아이를 돌보던 베이비시터 엘리슨이 대문을 열어주며 준이는 자니까 내일 아침 일찍 데리러 오라고 했다. 여기서 우리 집은 고작 2~3분 거리이니 그래도 상관없겠다 싶었다. 차를 돌려 집으로 돌아와 막 침대에 누우려는데 마크에게 전화가 왔다. 잘 들어갔냐고 묻는다. "예스"라고 대답하고 얼른 전화를 끊으려는데 그가 말을 이어갔다. 자신이 내일모레면 3주 동안 연수를 받으러 가는데 돌아와서 다시 연락하겠단다. 그러라고 다정하게 대답해줬으면 좋았을 텐데. 까질 한 말투가 튀어나왔다. "3주 후에도 내가 너를 기억할 수 있을지 모르겠어" 그렇게 전화를 끊고 3주가 흘렀다.

　　"누구세요?"

전화벨이 울려서 받아보니 마크였다. 자신을 기억하냐는 그의 목소리는 강단 있으면서 부드럽게 들려왔다. "예스!" 하고 반갑게 대답은 했는데 뒷말이 이어지지 않았다. 무슨 말을 해야 한담? 잠시 동안 침묵이 이어졌다. 이내 그는 나를 보고 싶은데 만날 수 있냐고 물었다. 난 그 사이 사랑니를 4개나 뽑아 얼굴이 빵빵하게 부어오른 상태였다. 몰골이 말이 아닌데... 그래도 괜찮다면서 오늘 저녁에 꼭 보자고 졸라댔다. 그래 뭐, 인연이라면 호박도 수박으로 보인다는데. 며칠째 잘 먹지도 못하고 방안에만 틀어박혀있어서 그런지 바깥바람도 쐬고 싶었다.

"오케이!"

마크와 처음 만났던 클럽으로 갔다. 오히려 늦은 밤이라 그곳이 나았다. 3주 만에 다시 본 그는 그 큰 눈이 푹 들어가 있었고 조막만한 얼굴은 살이 쑥 빠져있었다. 정말 잘 깎아놓은 조각 같았다. 선한 눈빛은 여전했고 날 아주 반갑게 맞아줬다. 1시간쯤 흘렀을까. 내일 점심에 또 보자는 약속을 한 후 우리는 헤어졌다. 그리고 다음날. 정말로 그는 내가 일하는 백화점 화장품 코너 앞에 나타났다. 그를 본 동료들이 수군대기 시작했다. 귀엽다는 둥, 어려 보인다는 둥... 남자에게 관심조차 없던 나에게 갑자기 훤칠히 큰 키에 파란 눈을 한, 말끔하게 차려입은 남자가 찾아오니 당연한 반응이었다. 우리는 멋진 레스토랑에서 점심을 같이 먹었다. 난 마크에게 호감이 갔고 한번 사귀어보고 싶다는 생각이 들었다. 전화 통화를 주고받으며 내가 그토록 가보고 싶었던 플로리다 여행 계획도 짰다. 진짜 플로리다로 여행을 간다니! 설렘으로 잠이 오지 않았다.

그가 미리 예약해 놓은 플로리다의 바다가 보이는 멋진 리조트. 그토록 보고 싶던 플로리다 바닷가가 눈앞에 있다. 에메랄드 빛 바다를 바라보며 우리는 누가 먼저랄 것도 없이 손을 잡고 하얀 모래 위를 걸었다. 수없이 꿈꾸어왔던 영화 속 한 장면이었다. 3일 겨우 휴가를 얻어 온 플로리다 여행. 이 여행이 끝나면 나는 그와 다시 긴 이별을 해야 했다. 나에겐 이미 갈 곳이 정해져 있었다. 일본 화장품 회사에서 북부 캐롤라이나에 내 직책을 마련해줬고 난 이미 뉴욕에서 트레이닝까지 마치고 출근할 날만 기다리고 있던 중이었다. 그 출근 전에 이 플로리다 여행을 제안한 것이다. 여행이 끝난 후는 그때 가서 걱정해야지, 우리는 플로리다의 멋진 분위기에 취해 아주 낭만적인 이틀 밤을 보냈다. 그리고 여행 마지막 날 아침. 그에게 모닝커피와 함께 프러포즈를 받았다. "Would you marry me?" 상상도 못한 일이었다. 난 이혼을 한 사람이다. 결혼 같은 건 내 인생에 또 없다고 마음을 꼭 닫고 살아왔다. 그런 단어도 감정도 나에겐 사치일 뿐이니까. 그런데 프러포즈를 받게 되다니. 나는 새끼손가락으로 귀를 살짝 후볐다. "왓?" 그리고 질문을 퍼부었다. 왜 나야? 우린 문화도 정서도 다른데? 난 너보다 8살이나 많은데? 너라면 더 좋은 조건의 여자랑 결혼할 수 있을 텐데? 난 이혼한 사람인데? 난 자식도 있어 그런데 왜?

그가 제정신이라면 나랑 결혼하고 싶어 할 리 없다고 생각했다. 내 대답은 "노"였다. 단호한 내 거절에 마크는 크게 실망한 듯 보였다. 내 아이에게 좋은 아빠가 되어주고 싶다고 아이들에게 물어보라는 그의 제안에 아들에게 전화를 걸었다. 마크가 아빠가 되면 어떨

거 같냐고 물었다. 아들 준이는 다짜고짜 좋다고만 했다. 정신이 멍
하다. 마크와 나는 밖으로 나가 해변가를 걸었다. 그리고 나는 "예
스"라고 대답했다.

하나님께서 내게 주신 운명이라면 받아들이자. 모든 걸 다 포기
하고 이 남자만을 바라보겠노라 다짐했다. 우리는 약혼식을 올렸고
몇 달 후 결혼식까지 마쳤다. 이 모든 게 순식간에 이뤄졌다.

이 꿈같은 현실에 북부 캐롤라이나로 이직하려던 나는 그대로 멤
피스에 주저앉고 같은 직장에서 더 나은 날을 기다리며 열심히 일을
했다.

American Dream
무작정 GO! 마이웨이

→ **장하다 Korean**

종잣돈 만들기 & 잘 굴리기 | 감히 날 무시해? |
나를 아시나요? | Lauren의 Wedding (로렌의 웨딩)

종잣돈 만들기 & 잘 굴리기

　지렁이도 밟으면 꿈틀한다는 말이 있다. 어릴 때 꿈틀거리지도 않고 죽은 척 누워있는 지렁이를 발로 살짝 건드려 본 적이 있다. 언제 그랬냐는 듯 지렁이는 꿈틀 꿈틀 움직여 있던 자리를 벗어났다. 앞으로 일주일만 있으면 내가 새로 시작할 Spa(스파)가 문을 연다. 우선 종잣돈을 마련해야 하기에 다니던 직장은 계속 다니면서 겨우 가게 자리를 계약해 놓은 상태이다. 오버타임을 하면 내가 받는 돈의 한 배 반을 더 받을 수 있다. 거기에 투잡까지 뛰면서 코피 흘려가며 밤낮없이 앞만 보며 달려왔다. 나는 직장에서는 '탑 셀러 우먼'으로 이름이 나 있었다. 백화점이 문을 열기 전에는 늘 아침 조회가 있다. 그때마다 '제이 리' 이름이 불려졌다. 화장품 코너에서 판매 실적이 가장 좋은 사람이라고. 스토어 매니저는 칭찬을 아끼지 않았다. 나는 매일 아침마다 이름이 언급됐고 스토어에서 내거는 프로모션(누가 제일 많이 파는가) 경쟁에선 당연히 일등은 내 차지였다. 딜러드라는 이름의 백화점 회장은 내가 있는 분점에 오는 날이면 나를 찾아 악수를 하고 격려를 해주었다. 어느 날 문득 이런 생각이 들었다. '내가 왜 남의 돈을 이렇게 열심히 벌어줘야 할까? 내 사업을 하면 다 내 돈이 되는데...' 한번 이런 생각이 들고나니 내 마음을 걷잡을 수가 없었다. 그래. 비록 내 나라는 아니지만 내 나름의 주사위를 한번 던져 보는 거야. 여태 남을 위해 죽기 살기로 내 몸 던져 일했으니 이젠 나를 위해 아니 내 미래를 위해 도전을 해보자. 마음을 다지고 또 다졌다. 그리고 계획을 세웠다.

일단 나를 찾는 손님들을 정성을 다해 대했다. 백화점 측에 물건 쌓아두는 창고를 쓰게 좀 치워달라고 얘기했다. 화장품을 구입하는 손님들에게 서비스 차원으로 얼굴 마사지를 해 줄 계획이었다. 스킨케어 기초 제품을 두 개 이상 사는 손님에겐 무료로 얼굴 마사지를 해주니 호응이 아주 좋았다. 손님들은 나에게 스킨케어 숍을 열어 보라고 권유하기 시작했다. 하지만 아직 돈이 없기에... 또 새로운 사업을 창업한다는 건 아직은 주제넘은 생각이기에 그저 마음만 있을 뿐이었다. 그래도 열심히 일을 해 적게나마 돈이 모였다. 일단 가게 자리를 보러 다녔다. 미국은 돈을 버는 것도 중요하지만 개인의 신용 히스토리도 중요하다. 먹고살기도 빠듯한 내가 과연 얼마나 신용카드를 쓰고 갚으며 신용을 쌓아놓았겠는가. 마음에 든 가게 자리가 있어 건물주를 찾아갔더니 직장은 좋은데 신용이 없어서 내줄 수가 없단다. 전혀 예상하지 못한 소리였다. 도무지 방법이 없다. 내 꿈을 접어야 했다. 아니면 돈을 더 많이, 보증금을 걸면 생각해 보겠단다. 앓느니 죽지... 그 돈이 있으면 내가 뭐 하러 사업을 하겠는가. 고개를 푹 떨구고 집으로 돌아왔다. 이렇게 시작도 못 해보고 건물주의 한 마디에 꺾여야 한다는 게 너무 억울하고 자존심이 상해 밤새 한숨도 못 잤다.

나는 초심으로 돌아갔다. 처음 미국에 올 때 가졌던, 사방이 막혔어도 하늘은 열려있다는 마음. 그래, 하나님과 단판을 지어야지. 새벽기도를 시작했다. 40일을 작정으로. 한국에서도 다니지 않던 새벽기도. 새벽 5시에 눈을 떠서 30분쯤 운전을 해 교회로 향했다. 성전 앞에 무릎을 꿇었다. '주님, 저를 도와주세요. 이제 저에게 기회가 올 것 같은데 잡힐 듯 잡힐 듯 잡히지가 않네요. 저를 사랑하시는 주님. 제 소원을 들어주세요. 저는 돈을 벌어야 해요. 아직도 해야 할 일이 남아있어요. 우리 딸 세리와 한 약속을 지키려면 돈을 벌어서 아이를 데려와야만 해요. 도와주세요...'

빌고 또 빌었다. 건물주의 마음을 돌려 계약을 할 수 있도록 해주시길. 추운 겨울도 눈 내리는 날도 바람 부는 날도 비 오는 날도 마다않고 40일을 꾸준히 달려 새벽 기도를 갔다. 그리고 마지막 40일째 되는 날 새벽. 비가 억수같이 쏟아졌다. 그래도 목표를 이루기 위해 새벽 기도를 마무리해야 했다. 거리는 자욱한 안개에 쏟아지는 비로 한 치 앞도 보이지 않았다. 겨울의 막바지에서 초봄으로 접어드는 길목에서 웬 비가 이리도 오는지. 내 설움을 이기지 못해 그만 울음이 터져 나왔다. 눈앞은 뿌옇게 흐려졌고 그저 몸에 익은 감각으로만 운전대를 잡고 달리고 있을 뿐이다. 그때 노란빛을 보았다. 도로의 양쪽을 노란빛이 금을 긋 듯 비춰주고 나는 그 노란빛이 그려진 금

사이로 미끄러지듯 달리고 있었다. 그렇게 교회당에 도착해 비를 흠
뻑 맞은 채로 성전에 무릎을 꿇었다. 오열하며 울기 시작했다.

'주님! 저도 이제 한번 제대로 살아봐야 하지 않겠어요. 다람쥐
쳇바퀴 돌 듯 매일 돌고 돌고... 뻔한 내 인생에 뭔가 획기적인 사건
이 일어나게 도와주세요.'

그렇게 40일의 마지막 날 간절한 기도를 마치고 교회당을 나왔
다. 비는 그쳤고 집으로 돌아와 잠을 청했다. 오늘은 쉬는 날이니까
푹 자고 싶었다. 아무런 생각 없이. "밥 먹고 다시 자" 하는 엄마의
말에 눈이 번쩍 떠졌다. 아이를 맡길 생각에 큰언니를 설득해 한국으
로 귀국하셨던 엄마를 다시 미국으로 모셔왔다. 아직 밤낮도 적응이
안 되었을 텐데 엄마는 어느새 일어나셔서 아침을 준비하셨다. 내가
깨어나기를 기다리시고 아침도 드시지 않은 모양이었다. 대충 머리
를 동여매고 식탁에 앉았다. "하여튼 지독해. 그 비에도 새벽 기도를
기어이 간 거야. 그냥 집에서 하지..." 잔소리 아닌 잔소리를 하셨다.
하지만 한번 마음먹은 일은 절대로 끝장을 보고야 마는 나는 포기할
수 없었다. 먹는 둥 마는 둥 아침 식사를 마치고 봐둔 가게자리를 찾
아 나섰다. 으레 새벽 기도를 마치면 이곳에 와서 '기다려. 내가 꼭
이 자리에 내 스파를 열고 말 테니. 제이 리 스파라고 꼭 간판을 걸
고 말 테니 꼭 기다려' 하고 집으로 돌아오곤 했다. 그것도 오늘이
마지막이다. 이제는 단판을 지으러 가야 했다. 저먼타운에 위치한 건
물주의 사무실을 찾았다. 나는 제이 리인데 스펜서씨와 면담을 하고
싶다고 말했다. 비서는 그가 회의 중이라고 했고 언제 끝날지 모르니

다음에 약속을 잡고 오라고 했다. 오늘이 아니면 안 된다는 생각에 나는 무작정 기다리겠다고 했다. 그렇게 두 시간쯤 기다렸나... 배에선 꼬르륵 소리가 나기 시작했다. 나의 무모함과 끈기에 비서는 두 손 들었다는 듯 인터폰으로 스펜서에게 '아직도 제이 리가 로비에서 기다리고 있다'고 전달했다. 10분 후 비서가 사무실로 들어가라고 알려왔다. 나는 당당히 들어가 의자를 끌어내고 그의 앞에 앉았다.

"미스터 스펜서. 나는 가진 것이 없어요. 하지만 나의 자신감과 재능을 믿어요. 당신이 기독교인인지 아닌지 모르겠지만 나는 오늘 아침 막 40일 새벽 기도를 마치고 당신을 찾아온 거예요. 매일 새벽 30분을 차로 달려 교회당을 찾았고 그곳에서 단 한 가지만을 위해서 기도했어요. 당신이 마음을 열어서 내가 이 가게를 계약할 수 있게 해달라고요. 기도를 마치면 당신 빌딩의 내가 들어갈 가게 자리 앞에서 반드시 내 이름의 간판을 달겠다고 다짐하고 집으로 돌아갔어요. 자그마치 40일 동안요. 이걸로도 당신의 가게를 계약할 충분한 자격이 되지 않나요?"

그는 대답했다. "너를 믿어 보겠다."

'계약은 5년을 해 줄 것이고 세는 한 달에 1,960불이며 두 달 치는 선불이고 원하는 구조를 그려주면 그대로 공사를 해주겠다.' 40일 전만 해도 어림없는 소리였는데 무엇이 그의 마음을 움직인 것일까? 아마도 그의 눈에 비친 나는 그저 생떼 쓰는 작은 동양 여자에 불과했을지 모른다. 그런 그가 나에게 마음의 문을 열고 가게 자리를 내어주기로 했다. 그것도 5년 동안 같은 값에.

기적이었다. 주님. 감사합니다.

그와 진한 포옹을 하고 집으로 돌아왔다. 상황을 다시 정리해보자. 자, 지금 나에게 무엇이 있지? 과연 얼마의 자금을 확보할 수 있는가? 두 달 치 보증금으로 거의 4,000불(한국 돈으로 약 400만 원)이 필요했다. 모아둔 돈은 2,800불 밖에 없었다. 턱도 없이 부족하다. 그도 그럴 것이 미국 생활은 뻔하다. 겨우 벌어서 한 달 한 달 공과금에 생활비, 자동차세 등등을 내고 나면 크게 돈을 모을 수 없다. 그나마 덜먹고 아끼고 쥐어짜야 겨우 몇 백 불의 돈을 통장에 저금할 수 있다. 말단 경찰인 남편 역시 월급이 그리 많지는 않았다. 총각시절 작은 집을 장만해 어머니를 모시고 살던 남편은 나와 살림을 합치면서 그 집은 어머니께서 지내시도록 배려하고 집세는 갚아나가고 있었기에 그다지 넉넉하지 못한 형편이었다. 돈을 저축한다는 건 우리에게 쉬운 일이 아니었다.

일단 자금을 긁어모아야 했다. 무엇이 돈이 될지 곰곰이 생각했다. 좋은 생각이 떠올랐다. 나에겐 시세이도 화장품이 있다! 나는 백화점에서 시세이도라는 화장품 코너의 카운터 매니저로 일한다. 한 달에 한 번씩 시세이도 본사에서 진행하는 교육 프로그램이 있다. 교육을 갈 때마다 새로운 화장품을 써보고 팔라고 나눠준다. 말하자면 샘플 화장품인 샘이다. 비싼 것들이라 감히 써보지도 못하고 그저 차곡차곡 모아뒀다. 그리고 한 달에 한 번씩 직원들에게 150불어치의 화장품을 주는 혜택도 있다. 그래, 이게 돈이 좀 될 거야...

교회 동료들에게 화장품을 팔기 시작했다. "내가 회사에서 받은

172

건데 아끼느라 쓰지 못하고 있었다. 어차피 사려고 했으면 내가 좀 싸게 줄 수 있으니 나한테 사라" 화장품을 다 팔아 그럭저럭 1,000불이라는 돈이 모였다. 이제 뭘 팔지? 나 말고 돈 되는 건 다 팔아야 했다. 한국에서 올 때 가져온 옷가지들이 있었다. 잘 나가던 시절에 산 화려하고 고급스러운 옷들. 미국에서는 파티를 하고 산다는 영화를 보고 얻은 잘못된 인식으로 가져왔었다. 너무 좋은 옷들이라 버리지 못하고 챙긴 것도 있다. 아파트에서 쫓겨날 때도, 여기저기 이사를 다닐 때도 이 옷들만은 애지중지 챙겼다. 이걸 팔아볼까? 화장품 코너에 찾아오는 손님들 중 세련된 필리핀 손님이 한 명 있었다. 그에게 전화를 걸었다. 우리 집에서 내일 그라지 세일(가정집에서 쓰지 않는 살림살이들을 차고 앞에 벌려놓고 파는 일)을 하는데 와보라고, 주소를 알려줬다. 내일 팔 물건들을 정리해야 했다. 안 입는 옷들, 스카프들, 선물 받은 잡동사니들...

다음 날 일요일 오후. 햇볕이 따스하게 내리 쬐었다. 집 앞에 매대랄 것도 없이 박스 몇 개를 펼쳐 깔아 물건들을 올려뒀다. 행거에는 옷들을 걸었다. 사람들이 찾아와 가격 흥정을 했다. 그래도 안목이 있는 나인지라 그 옛날에도 후진 것들은 사지 않았다. 그래서인지 옷들도 다 팔리고 소소한 소품들까지도 다 팔렸다. 정말 긴 하루였다. 덕분에 나에겐 내 꿈을 이뤄줄 종잣돈이 조금 더 모였고 드디어 그 종잣돈을 굴릴 가게 보증금을 거의 마련했다. 잠을 이룰 수가 없었다. 내일이면 이 돈을 건네고 가게를 계약할 수 있다. 기쁨에 들떠 통 잠이 오지 않는다.

감히 날 무시해?

드디어 가게를 계약했다. 이제 남은 건 가게를 스파답게 꾸미는 일만 남았다. 일단 가게가 있는데 뭐든 되겠지! 주말이면 길거리에 버려진 가구나 가전제품, 침대 시트 등 쓰레기 줍는 작업을 해야 했다. 때로는 가격표도 떼지 않는 새 물건들이 길거리 모퉁이에 주인을 기다리듯 버려져 있었다. 또 때로는 멀쩡한 식탁 의자가 길거리 쓰레기 더미 속에 내던져져 있었다. 주말마다 내가 필요한 것들을 주워 모았다. 그 덕에 가게를 꾸밀 수 있었다. 내 감각을 총동원해서 나름 의 인테리어를 했다. 교회에서 얻어 온 달력에서 벚꽃 사진이 멋진 4월을 찢어 액자로 만들었다. 한국 달력이라 누구도 가지고 있지 않았다. 근사한 작품처럼 보였다. 미국 사람들을 상대로 차리는 스파이 니 조금 더 동양적인 풍으로 꾸미고 싶었다. 아들이 입었던 작은 한복, 엄마가 한국에서 오실 때 가지고 온 엄마 한복, 이런 것들도 잘 활용했다. 얼굴 마사지 방, 바디 마사지 방, 메이크업 하는 방 이렇게 일렬로 방들이 늘어져 있고 작지만 아기자기하게 꾸며졌다. 이렇게 스파 인테리어가 대충 마무리되어 갔다. 이제 일할 사람을 고용해야 했다. 우선 바디 마사지 할 직원을 구해야 했다. 구인광고를 신문에 냈더니 몇몇 사람이 전화를 걸어왔다. 인터뷰를 마치고 트레이시, 부룩, 레즐리 이렇게 3명의 직원을 뽑았다. 개업식을 3주 남겨놓고 매주 금요일에 주급을 줬다. 아직까진 내 직장을 그만둘 수 없기에 직원들을 미리 고용하고 다른 곳으로 이직하지 않도록, 개업 전이라 아무 일도 하지 않음에도 눈물을 머금고 주급을 주고 저녁을 사 먹이며 이들을 붙잡고 있었다.

일주일 후면 떼돈을 벌 거야... 난 굳게 믿었다. 내가 없어도 내 스파는 돌아가야 하고 난 내 직장에서 돈을 벌어다 스파 운영 자금으로 보태야 한다. 이틀 쉬는 날에는 스파에 나가 일을 하기로 했다. 생각만으로도 마냥 즐겁고 신이 났다. 그런데 이건 또 무슨 일. 트레이시에게 전화가 왔다. 할 말이 있다고 스파로 들르란다. 개업을 하고 겨우 1주일이 되던 날이다.

나름 열심히 일하며 하루하루 살고 있는데. 점심도 포기하고 스파로 달려갔다. 백화점에서 스파까지는 약 5분 정도 걸린다. 문을 열고 들어서니 트레이시, 부룩, 레즐리 셋이 나란히 소파에 앉아 나를 맞았다. 내가 그래도 사장인데?

"하이. 제이."

셋 다 시간당 돈을 올려주지 않으면 다른 곳으로 가겠단다. 개 풀 뜯어먹는 소리. 가게를 열지도 않았을 때도 내 월급을 털어 주급을

주면서 붙잡고 있었는데. 개업하고 겨우 일주일 일하고 돈을 더 달라
니. 내가 뭐 잘못 들은 건가?

"아 유 슈어?"

진심이냐고 몇 번을 물어봤다. 정말 안 올려주면 그만 둘 거냐고
재차 물었다.

"이게 말이 된다고 생각해? 너희들한테 일도 시키지 않고 집에서
놀게 하면서 개업날 기다리는 동안 내가 번 돈으로 주급 주고 저녁
사 먹이고. 내가 한 노력은 다 뭐야? 이래도 되는 거야?"

울먹이는 소리로 재차 물었다. 자기들한테는 선택권이 없단다.
다른 스파에서 시간당 10불을 준다고 해서 그곳으로 가야 한단다.
나는 10불에서 1불이 적은 9불을 준다. 말문이 막혔다. 직원들 휴게
실로 들어가 잠시 생각을 했다. 저들을 이대로 둘 수는 없었다. 나도
10불을 주겠다고 한들 잠시는 붙어있겠지만 또 언제 어느 때 뒤통수
칠지 모른다. 휴게실에서 나가 직원들 앞에 섰다.

"자. 모두들 각자 자기 가방 챙겨와."

셋은 각자 제 짐들을 들고 나왔다.

"이게 내 대답이야. 다 나가."

나는 문을 활짝 열었다. 그리고 정중하게 오른손 바닥을 위로 올
려 팔을 뻗으며 나가기를 요청했다. 그들은 엉겁결에 가게 문을 나섰
다. 작은 동양 여자가 감히 까분다고 생각했을지도 모르겠다. 나는

176

기다렸다는 듯이 바로 가게 문을 닫고 잠가 버렸다. 문 밖에서 웅성
대는 소리가 들리더니 각자 차를 몰고 사라졌다. 심장이 쿵쾅대고 뛰
었다. 높아진 혈압으로 얼굴은 벌겋게 달아올랐다. 입은 바짝 타고
손은 떨렸다. 식은땀이 등줄기를 따라 흘렀다. 가장 처절하고 비참하
게 배신감이라는 걸 느끼는 이 순간. 그래, 세상에 믿을 년놈 없다더
니... 내가 미쳤지. 저것들을 뭘 믿고 힘들게 번 돈을 매주 갖다 바쳐
가며 밥까지 사주고 챙겨주고... 아마 그들 눈에 나는 호구였나 보다.
나도 모르겠다.

  잠시 멍을 때리고 정신을 다시 차렸다. 내가 누군데 여기서 흔들
릴 순 없지. 칠전팔기 오뚝이 정신을 다시 발휘해야 한다. 아자 아자
힘내자! 일단 누가 무슨 예약을 했는지 오늘 스케줄을 확인했다. 오
늘따라 얼굴 마사지 2명 바디 마사지 3명 왁싱 2명 메이크업 1명...
예약이 되어있었다. 일단 직장에 전화부터 했다. 매니저에게 전화를
걸어 점심 먹은 게 안 좋아서 복귀할 수 없노라고 얘기했다. 늘 신뢰
를 바탕으로 열심히 일해 온 나이기에 매니저는 두 번 묻지도 않았
다. 그저 잘 쉬라는 말을 한 후 전화를 끊었다. 그래도 다행이다. 그
동안 내가 올바른 모습을 보여준 덕에 지금 같은 힘든 상황에서 전
화 한 통으로 해결할 수 있어서. 시계를 보니 12시 50분. 직원들과
실랑이를 벌이느라 한 시간을 써 버렸다. 우선 내가 할 수 있는 건
한계가 있다. 얼굴 마사지 2명-가능, 바디 마사지 1명-가능, 메이크
업 1명-가능, 왁싱 2명-가능. 이렇게는 내가 혼자 어떻게든 해볼 수
있다. 나머지 손님들에게 전화를 돌렸다. 그 손님들은 이미 나를 잘
아는 손님들이고 날 이해해주는 좋은 사람들이다.

177

"너무 죄송한데... 오늘 예약은 내일로 미뤄야겠어요..." 하면서 자초지종을 모두 설명했다. 오히려 손님들이 날 위로했다. 그래, 세상은 어둡지만은 않아. 이렇게 밝은 세상도 있는 거야. 날 위로해주려는 손님들 덕분에 나는 큰 힘을 얻었다. 그리고 혼자 정신없이 스파를 찾은 예약 손님들을 상대했다. 나를 믿고 찾아주는 내 손님들을 위해 그야말로 최선을 다했다. 어질러진 방들을 하나하나 치웠다. 밤 11시가 넘어도 소식이 없는 내가 걱정이 되었는지 밤 근무를 마친 남편이 경찰복을 입은 채 가게 문을 두드렸다. "아 유 오케이? 왓 해픈?" 하고 친절히 묻는 파란 눈의 남편 앞에서 나는 그만 주저 앉아 엉엉 울고 말았다. 찬 바닥에 앉아 얼마나 울었을까. 빨래 바구니를 챙겨 나오는 남편이 어깨를 두드리고 꼭 안아주며 "세상은 그리 만만한 게 아니야. 제이가 착하게 산다고 사람들이 다 제이같은 생각을 하고 제이를 대하진 않아. 오히려 그런 착한 마음을 악용할 뿐이지. 내가 지금 가장 해주고 싶은 말은 때론 안 되는 건 안 된다고. NO라고 대답할 줄 아는 지혜와 결단이 필요하다는 거야" 나보다 8살이나 어리지만 남자답고 듬직하게 군인과 경찰 두 직업을 해내는 남편이 오늘처럼 힘이 된 적이 없었다.

다음날 그들은 저마다 자기 생각이 아니었다고. 트레이시 때문이라고, 부룩 때문이라고, 레즐리가 선동한 거라고 핑계를 둘러대며 호소하느라 내 전화가 불이 났다. 그러나 난 의지의 한국인! 내가 그들에게 휘말렸더라면 정말 지금의 내가 있었을까? 누군가에게 질질 끌려만 다니는 줏대 없는 인간이 되어서 굽신거리며 살아가고 있을지 모른다. 그날의 멋진 결정이 왜 이리도 자랑스러운지. 그 후로 나는

"NO" 라는 소리는 필요할 때 반드시 말해야 하는 단어로 내 머릿속
에 각인시켜 놓았다.

나를 아시나요?

요사이 내 사진이 〈커머셜 어피얼〉이라는 신문에 났다. '내가 경험한 미국 생활'을 수기로 써서 보낸 게 실렸다. 그래서인지 가게 전화는 쉴 새 없이 울렸다. 어느 날 신문사 기자가 날 찾아왔다.

"제이 리씨 맞죠?"

"네. 그런데요."

"인터뷰를 하고 싶어서 왔습니다."

"인터뷰요? 웬 인터뷰...?"

의아해하는 나에게 기자는 '제이 리 스파'를 알릴 수 있는 좋은 기회라며, 아무에게나 주어지는 기회가 아니라는 말을 더했다. "정말 하나님께서 제이 리 씨를 사랑하시나 봐요" 라는 말과 함께.

도대체 이게 무슨 영문이람? 내가 그래도 눈치는 백단인데 통 감이 잡히질 않는다. 다시 한 번 기자에게 물었다.

"왓 해픈?"

갑자기 떠오르는 영어 단어는 이것뿐이었다.

킴벌리라는 이름의 파란 눈을 한 그 여자 기자는 다시 한 번 말했다. 제이 리씨의 아메리칸드림 스토리를 듣고 싶다고.

일단 기자와 같이 온 사진작가에게 차를 대접했다. 무엇이 알고 싶은 건지 물었다. 기자는 '아시아 민족으로 아니 여성으로 홀로 남의 나라에 와서 이만큼 성공한 그 성공담이 궁금하다'고 대답한다. 무슨 말부터 해야 할지 막막했다. 그런데 그보다도, 어떻게 나를 알고 찾아 왔는지가 신기하기도 했다. 내가 운영하고 있는 스파(스킨케어 숍)는 그리 크지도 않고 유명하지도 않은데. 기자는 동료인 다른 기자에게 내 얘기를 전해 들었다고 했다. 르솬다라는 흑인 여자인데 그녀는 스파의 손님이었다. 가끔씩 와 눈썹수정을 하거나 겨드랑이 털 왁싱을 하곤 했다. 유난히 털이 많은 흑인들은 한 달에 한 번씩 좀 빠르면 한 달에 두 번씩 왁싱을 한다. 그녀가 일하는 신문사는 내 스파에서 그리 멀지 않았다. 어느 날엔 서로 말을 주고받으며 넋두리를 늘어놓기도 했다. 미국에 처음 와서 배고프고 서럽던 시절을 지나 어느덧 두 개의 숍을 운영하고 있으니 아메리칸드림을 이룬 것 같다는 얘기, 하나님이 정말 날 사랑하시나 보다는 얘기도. 보잘 것 없는 나지만 열심히 살려고 노력하는 게 가상해 하늘도 날 도우시는 것 같다고 했다. 이 흑인 손님은 내 얘기를 자신의 동료 기자에게 전했

고 그 동료 기자는 지금 내 앞에 인터뷰를 하고 싶다며 앉아있는 것
이다. 어떻게 미국에 오게 됐으며 어떻게 그 많은 역경을 딛고 일어
섰는지 자세히 알고 싶다고 한다. 요즘 젊은 사람들에게 용기를 줄
수 있을 것 같아 꼭 나의 성공담이 필요하다나.

　난 천천히 이야기를 풀기 시작했다. 미국에 처음 도착했을 땐 정
말 암담했지만 자식을 둘이나 둔 엄마이기에 책임감이 더 컸다고...
내 얘기가 모두 끝나고 그들은 사진 몇 장을 찍었다. 내 기사는 〈선
데이 신문〉에 실릴 거라고 했다. 〈선데이 신문〉이라면 미국 사람들
이 제일 많이 보는 신문이다. 여러 가지 쿠폰들이 들어있고 세일 광
고도 많이 실려 있어서 인기가 좋다. 대다수의 사람들이 일요일 교회
를 다녀온 후 〈선데이 신문〉을 읽으며 오후 시간을 보낸다. 그런 신
문에 내 기사가 실린다니! 난 스스로 열심히 살았다고 자부하지만 나
와 같은 상황에 처한 누구라도 그렇게 살았을 것이다. 나는 특별할
것 없다고 생각하는 내 삶의 궤적이 오늘의 날 성공으로 이끌었다고
보여지나 보다.

　인터뷰를 하고 몇 주가 흘렀다. 목구멍이 포도청이기는 예전이나
지금이나 매 한가지다. 일하지 않으면 먹고 살 수 없다. 특히 미국에
서는 하루하루 열심히 일해 일주일치 돈을 모아 생활한다. 어쩌다 몸
이라도 아파 하루를 쉴라치면 수입이 줄어 한 달을 생활하기도 벅찰
정도다. 지금도 또렷이 기억나는 일이 있다. 영의 집에서 쫓겨나 오
갈 데 없는 처지에 생판 처음 보는 중국 아이를 보호하겠다고 나섰
다가 지각을 해 직장에서 쫓겨났던 그날. 그때의 막막함과 비참함은

영원히 잊을 수 없을 것이다. 전 재산은 5불이었다. 이 돈으로 일주일치 먹을 걸 해결해야 했다. 5불을 7일로 나누면 하루에 약 70센트... 이게 하루치 식대였다. 뭘 먹고 마실 수 있었겠나. 심지어 하루세 번의 끼니를. 가뜩이나 먹어온 게 변변찮아 속이 허했다. 머리를짜내 우선 아침 출근길에 편의점에 들러 베이글 하나를 산다. 그럼크림치즈는 양껏 발라 먹을 수 있었다. 베이글을 둘로 쪼개 크림치즈를 잔뜩 바른다. 너무 많이 발라 베이글의 가운데 동그란 구멍으로다 새어나올 정도였다. 그럼 삐져나온 크림치즈를 싹싹 핥아 먹었다.그다음엔 베이글을 쪼개 한쪽을 핥아먹었다. 마지막으로 침에 눅눅해진 베이글을 아주 조금씩 베어 먹는다. 세상에 태어나 이렇게 맛있는 빵은 처음인 것 같았다. 베이글 반쪽이 어느새 자취를 감추면 나머지 반쪽이 날 유혹한다. '배고프지? 나도 마저 먹어' 하지만 유혹을 뿌리쳐야 했다. 지금 다 먹어버리고 나면 저녁엔 먹을 게 없으니까... 목이 말라 마실 것도 사야했다. 길거리에 떨어져있어도 아무도주워가지 않을 20센트 짜리 동전 두어 개로 뭘 사면 좋을까. 커피를사기로 했다. 커피는 리필이 되니까. 이 편의점의 좋은 점은 커피를한번 사면 다 마신 빈 컵을 들고 가 커피 한 잔을 더 따를 수 있다는점이었다. 뜨거운 커피를 컵 가득 찰랑찰랑 채웠다. 한 방울이라도흘릴세라 걸음도 조심조심 걷는다. 서너 모금을 마시고 아직도 뜨거운 커피잔에 물을 더 따라 넣고. 커피잔은 요술이라도 부리는 것처럼한가득 차오른다. 커피를 다 마시면 걱정이 앞섰다. 해가 어둑어둑지면 편의점으로 다시 들어갔다. 구석에 놓인 커피 기계로 곧장 가빈 컵을 대고 커피를 따랐다. 직원이 뭐라고 할까봐 두근두근 한다.

잔을 다 채우고 얼른 가게를 나섰다. 그리고 커피잔에 랩을 씌워두고 저녁을 먹을 때까지 그대로 둔다. 저녁은 아침에 남겨둔 베이글 반쪽과 다 식은 커피 한 잔. 남루하기 이를 데 없는 식사지만 이것만으로도 나는 정말 행복했다.

나는 안다. 이 세상에서 가장 슬픈 설움은 배고픈 설움이다. 겨우 뱃속을 달랠만한 식사를 하면서 다짐했다. 배고픈 설움에 허덕이는 사람을 보게 된다면 결코 모른 척 하지 않겠다고. 이런 경험이 누군가에게는 희망이 될 수도 있겠다, 라는 생각이 든다.

Lauren의 Wedding (로렌의 웨딩)

찌륵 찌륵 찌르르... 알람이 귀뚜라미 소리를 요란하게 내고 쉬었다 다시 울렸다. 피곤한 몸을 일으켜 알람을 끄고 자리에서 일어나 욕실로 향했다. 이틀 동안이나 치통에 시달려 몹시 앓았더니 통 기운이 없었다. 거울을 보는 순간 깜짝 놀랐다. 흰 머리카락이 언제 생겼지? 머리카락에 손을 넣어 이리저리 들춰봤다. 이렇게 세월이 가는구나 싶어 마음이 착잡했다. 하지만 지금 내 외모를 가꿀 겨를이 없었다. 몇 달 전부터 긴장 속에 기다리던 로렌의 웨딩 날이었다. '실수하면 안 돼' 순조롭지 않게 진행된 로렌의 웨딩 플랜 때문에 나까지도 긴장된 상태였다. 제시간에 도착해야 한다. 세상에서 제일 예쁜 신부로 만들어 줘야 한다. 다짐하고 또 다짐했다. 로렌의 웨딩이 드디어 오늘이다.

부지런히 화장을 마치고 머리카락을 고데기로 구부려 넣었다. 이

틀을 푹 앓고 나서인지 화장은 좀처럼 먹지 않았지만 시간이 없다. 제인에게 전화를 걸었다. 그녀는 벌써 나인 줄 알고 "난 준비 끝났어. 너네 스파 앞에서 만나자"하고 바로 전화를 끊었다. 서둘러 빵한 조각을 들고 운전대를 잡았다. 마음이 급하니 먹을새도 없이 액셀을 밟아댔다. 내가 운영하는 스파까지는 10분은 걸린다. 차를 주차하고 스파 문을 열고 들어가니 경보음이 울려댔다. 가방을 내던지다시피 놔두고 긴 복도를 달렸다. 40초 내에 경보음을 끄지 않으면 온동네에 다 들릴 정도로 시끄러워질 것이다. 비밀번호를 누르고 나니 잠잠해졌다. 이방 저방 돌아다니며 불을 켜고 영업 시작 준비를 했다. 제인이 어느새 왔는지 메이크업 룸을 향해 걸어왔다.

　"제인. 빨리 가야 돼. 늦었어!"

　메이크업 트렁크에 이것저것 담기 시작했다. 스펀지, 립 브러시, 헤어핀, 하다못해 이쑤시개(마스카라를 바르고 난 후 속눈썹끼리 달라붙었을 때 이쑤시개로 떼면 깔끔하다)까지. 면봉도 챙겨 넣고. 영화에서 배우들이 메이크업 트렁크를 들고 다니면서 메이크업 수정하는 걸 본 적이 있었는데 한 잡지에서 그런 트렁크를 파는 걸 보고 바로 주문했었다. 불을 켤 수 있는 전구가 늘어져 있는 거울을 조심조심 넣고 트렁크를 닫았다. 트렁크 밑바닥에는 도르래 같은 발이 달려있어서 차까지 손쉽게 끌고 갈 수 있다. 화장품 매장에서 화장품들을 팔기 위해 만들어진 메이크업 진열대도 차에 실었다. 준비는 다된 것 같았다. 제인을 차에 태우고 시동을 걸었다. 로렌의 웨딩 장소는 다운타운에 있는 '성 피터 가톨릭' 교회고 웨딩이 끝나면 '피바디 호텔 볼룸'에서 리셉션이 있을 예정이다. 다운타운을 향해 달렸다. 밤새 기도한 덕분인지 날씨는 정말 화창했다. 유난히 무덥고 후덥지근한 습기까지 지닌 멤피스지만 때로 이 날씨에 고마움을 느낄 때가 있다. 추운 것보다는 나으니까. 예전에 뉴욕에 살 때는 너무 추운 날씨 때문에 발가락에 동상이 걸려 일 년 내내 발을 비비며 가려움을 참아야 했다. 그때를 생각하면 발톱에 매니큐어를 칠하고 샌들을 신고 걸을 수 있다는 게 얼마나 고마운지. 뉴욕에서 그렇게 고생을 해서인지 혹독하고 매몰찬 겨울보단 덥고 습한 여름이 좋다. 겨울의 눈보단 여름의 비가 좋다. 이런저런 생각을 하다 보니 일방통행 길의 사인을 가로질러 '피바디 호텔'에 도착했다. 도착은 했는데 주차가 문제다. 어디나 마찬가지지만 다운타운에서의 주차는 장난이 아니다. 한국 같으면 좋은 차만 타고 가면 어느 곳에서든 환영을 받지만 미국에서는 그렇지 않다. 주차할 자리를 찾아 뱅뱅 돌았다. 주차요원이 내 차를 보자 몇 호냐고 물었다. 희미한 기억인데 463호라는 룸 넘버가 기억났다. 주차요원이 티켓을 끊어주며 대신 주차를 해줄 테니 내리란다. 너무 지친 탓인지 누가 내 메이크업 트렁크와 진열대를 옮겨주면 좋겠다는 생각이 들었다. 그때 벨보이가 나타났다. 그는 내 짐들을 챙겨 호텔 내에서 짐을 싣고 옮기는 트레이로 올렸다. 463호 오케이, 하고는 짐과 함께 그는 사라졌다. 호텔 로비로 들어서자 한가운데 몰린 수많은 인파를 볼 수 있었다. 로비 한가운데 있는 연못을 중심으로 모여 있었다. 손에 카메라를 든 채 엘리베이터를 뚫어지게 바라보는 사람들도 있었다. 나도 그냥 지나칠 수 없었다. 뭔데 왜 이렇게 사람들이 모여있나? 제인에게 물어보니 매주 토요일 오전 11

187

시면 호텔에서 묵는 사람들과 그냥 온 손님들까지 '오리 쇼' 일명 'Duck Show'라고 오리들이 줄을 지어 엘리베이터에서 내려 빨간 카펫을 쭉 돌고 로비 중간의 연못으로 들어가는 쇼를 보는 것이라고 한다. 멤피스에서 산 지 거의 7년이 되었지만 그런 쇼를 본 적은 한 번도 없었다. 나도 봐야겠다. "띵!" 하고 엘리베이터가 열리더니 오리들이 뒤뚱거리며 걸어 나왔다. 빨간 카펫위로 올라가더니 연못으로 뛰어들어가 물놀이를 시작했다. 그게 다였다. 별 거 아니네. 한국이었으면 이런 오리쇼 정도 아무도 주목하지 않았을 것이다. 하지만 주변에 모인 사람들은 "원더풀!" 하며 박수를 치고 사진을 찍었다. 이 광경을 보고 엘리베이터를 타고 로렌이 있는 463호로 향했다. 고급 카펫이 깔려있는 복도는 말 그대로 환상이었다. 하룻밤을 자려면 최소 550불, 비싸면 몇 천 불까지 간다는, 다운타운에서 손에 꼽히는 최상급 호텔이다. 방에 도착해 초인종을 누르니 로렌의 엄마인 마돈나가 "하이 제이 앤드 제인" 하고 반갑게 우리를 맞는다. 메이크업 트렁크는 진작 왔는데 사람들은 이제 오나 하는 표정이다. 우리는 축하를 하고 포옹을 나눈 후 메이크업 트렁크와 진열대를 조립하기 시작했다. 로렌이 있는 룸은 정말 큰 룸이었다. 거실에 방 2개, 화장실도 2개... 가격이 얼마일까. 여기서 어젯밤부터 내일까지 머무를 예정이라는데. 도대체 내 머리로는 계산이 되지 않았다. 마돈나는 정말 평범하게 생긴 가정 주부였다. 옛날에는 간호사로 일했지만 지금은 남편 건축회사의 사주? 그래서 굳이 일을 하지 않아도 돈이 많았다. 지금으로부터 한 3년 전, 내가 스파를 열고 며칠 되지 않았을 때였다. 짧게 커트한 머리에 커다란 키, 파란 눈의 50대 여자가 들어왔다. 그냥 뭐하는 곳인지 알고 싶어서 들어왔다고 했다. 불쑥 찾아온 그녀에게 페이셜 마사지, 보디 마사지, 왁싱 등을 한다고 설명해줬다. 어떻게 받을 수 있냐는 그녀에게 360불을 내고 멤버십에 가입하면 된다고 알려 줬고 그녀는 카드를 내밀었다. 결제를 마치고 카드를 돌려주며 '우리 스파 멤버십은 별도의 가입비가 없고 그저 6번의 페이셜 마사지와 서비스로 1번 추가해주는 바디 마사지가 있다, 내가 하는 마사지는 아메리칸이 할 수 없는 시아쯔라는 마사지로 오로지 동양인 즉 일본인이나 한국인만 할 수 있다'고 설명을 했더니 그녀는 "쿨!" 하고 좋아했다. 당시엔 몰랐는데 이 말은 미국인들이 좋은 소리를 들었거나 좋은 가격, 멋진 의견이라고 생각할 때 흔히 외치는 말이다. 난 정말 기뻤다. 그렇게 마돈나와 맺어진 인연으로 그녀는 계속 내 스파를 찾았다. 그녀는 유난히 마사지를 좋아한다. 어떤 사람들은 간지러움을 타거나 혹은 남 앞에서 자신의 벗은 몸을 보이지 않으려고 보디 마사지는 절대 안 하는데 마돈나는 달랐다. 예뻐질 수 있다면, 고와질 수 있다면 개의치 않았다. 가격도 물론 개의치 않았다. 그리고 그녀의 하나밖에 없는 딸이 결혼을 한다며 딸의 웨딩 메이크업을 해달라고 했다.

미국에 와서 주로 '미스 미시시피', '미스 틴 미시시피' 등 뷰티패전이라 불리는 미국 각 도시의 미인 선발대회(미스 코리아 같은)에 참가하는 후보들의 메이크업을 해온 건 내 자부심이었다. 미국 사람들 앞에서 내세울 게 하나도 없는 나지만 그래도 아시안 계통의 여자가 파란 눈의 금발 미녀들을 예쁘게 화장시켜 미녀 선발대회에 내보내는 내 일은 더없이 자랑스러웠다. 한국에 있던 어릴 적부터 유난히 멋부리기를 좋아하고 다섯 형제들 중에 유별나게 화장하기를 좋아했던 내가 그 경험을 바탕으로 학교 졸업 후엔 미용강사로 취직해 메이크업과 마사지를 배웠다. 이것이 한 가닥 끈이 되어 말도 잘 안 통하는 미국 땅에서, 특별한 기술 없이는 살아남을 수 없는 이 넓은 땅에서, 성공할 수 있는 기회가 되어주었다. 어릴 적 엄마가 늘 하시던 말씀이 기억난다. 그저 여자는 뭐든 다 배워야 한다고. 어릴 땐 그 말이 무슨 뜻인지 정확히 몰랐다. 이제야 그 뜻을 알 것 같다. 배우고 또 배우면 익혀둔 것들이 언젠가는 꼭 필요할 때에 쓰이게 되는 법이다. 난 이제 내놓으라 하는 메이크업 아티스트로 불리고 있다. 작년에는 한국에서 들여온 '애리조'라는 메이크업 제품으로 소위 부유층 사람들만 멤버로 가입할 수 있다는 크레센 클럽 안에서 미국인들 40여 명을 모아 메이크업 이벤트를 개최한 적도 있다. 마돈나가 나에게 자신의 딸 웨딩 메이크업을 부탁한 이유도 이런 내 경력 때문이리라. 그녀의 부탁에 나는 선뜻 "예스"라고 대답했다. 미국 독립기념일인 7월 4일엔 곳곳에서 불꽃놀이를 하며 폭죽을 터트리고 오케스트라의 심포니가 울려 퍼진다. 모두가 들뜨는 날. 그 전날이 바로 로렌의 웨딩 날이다.

모든 준비가 끝났다. 메이크업 트렁크도 다리를 쭉 뻗은 채 버티고 섰고 가져온 화장품 진열대도 메이크업 브러시도 모두 가지런히 정리가 끝났다. 제인에게 기초화장을 맡으라고 했다. 기초화장이 끝나면 나는 그 위에 파운데이션을 입히고 색조를 입히면 된다. 집을 짓는 것이나 그림을 그리는 것 또 화장을 한다는 것, 이 모든 것이 다 똑같은 것 같다. 기초위에 돌을 쌓고 기둥을 세우고 벽을 만들어

갖가지 재료를 사용해 모양을 꾸미고... 메이크업도 마찬가지다. 조물주가 지어주신 기본 조각에 기초를 발라 윤기를 내고 매끈하게 가꾼 뒤 그 위에 파운데이션을 입혀 고른 색과 부드러운 결을 만들고 파우더를 덧발라 파운데이션 컬러를 고정시키고. 그 위에 살짝 아이섀도, 아이라이너, 마스카라, 립스틱 그리고 모자이크 색깔의 블러셔를 덧바르면 된다. 이것으로 메이크업은 끝난다. 그러면 여인의 아름다움이 빛을 발한다.

"몇 명이나 남았니?"

제인에게 물었다. 3명 더 남았단다. 아침 일찍부터 서두르며 식사도 걸렀더니 다리에 힘이 빠지고 브러시를 쥔 손은 떨리기 시작했다. 끝까지 마무리를 잘 해야 하는데... 거의 12명은 메이크업 한 것 같았다. 그런데 아직도 3명이 더 남았다. 가장 중요한 오늘의 주인공들. 로렌과 그녀의 엄마 그리고 아빠였다. 하이힐을 벗어던졌다. 더이상은 다리가 버텨줄 것 같지 않았다. 가장 편안한 자세로 마지막 세 사람을 마무리해야 했다.

"로렌, 준비됐니?"

머리를 깔끔하게 올린 로렌은 의자에 털썩 주저앉는다. 로렌도 나처럼 지쳤나보다.

"힘내! 내가 널 이 세상에서 제일 예쁜 신부로 만들어 줄게."

로렌에게 하는 말이었지만 나 스스로를 위로하는 말과도 같았다. 로렌은 정말 아름다운 여자다. 진하지도 연하지도 않은 화장이 자연

191

스럽게 정말 잘 어울린다. 황금색 펄이 들어있는 아이섀도를 눈 위에 바르고 블랙 마스카라와 보라색을 적당히 섞어 긴 속눈썹을 올린 후 립 라이너로 입술의 윤곽을 잡고 립글로스를 살짝 발랐다. 그 위에는 반짝이를 찍어 올렸다. 너무나 자연스럽고 고상한 아름다움이었다. 나는 짙은 화장을 싫어한다. 특히 신부들의 화장은 더욱 그렇다. 신부야말로 세상에서 가장 청초하고 깨끗하며 자연에 가까울 정도로 맑게 보여야 한다고 생각한다. 그래서 신부화장을 할 때면 언제나 이런 것들에 중점을 두고 화장을 한다. 여태 수많은 신분들의 메이크업을 해왔다. 셀 수 없이 많은 사람들의 얼굴을 만지고 가꾸고 피부 위 트러블도 해결해 주었다. 하지만 오늘만큼은 왠지 더 특별했다. 정말이지 제일 예쁜 신부로 만들어 주고 싶었다.

"로렌, 어때 네 모습?"

로렌은 굉장히 맘에 들어 했고 정말로 행복해 했다. 두 사람 아니 한 남자와 한 여자의 만남. 결혼. 결혼에 숨은 비밀은 뭘까.

성 피터 성당 안의 분위기는 엄숙하고도 고요했다. 수많은 사람들이 자리를 잡고 앉아있음에도 더없이 조용했다. 부랴부랴 달려온 남편과 함께 로렌의 신랑 친구의 에스코트를 받으며 자리에 앉았다. 오르겐 소리가 은은하게 들렸다. 드디어 식이 시작되자 웅장한 성당 안 어딘가에서 한 남자의 고요한 성가가 흘러나왔다. 하늘에 계신 우리 아버지, 이름이 거룩하고 뜻이 이루어 지리다, 일용할 양식을 주시고, 대개 주의 나라, 영광, 영원히, 아멘...

나도 모르게 눈물이 흘러 얼른 훔쳤다.

"다 같이 자리에서 일어나시겠습니다. 기도 하시겠습니다"

성당 안은 숨소리조차 크게 낼 수 없을 정도로 조용했다. 나는 진정으로 주님께 기도했다. '주여. 이 두 사람을 축복하여 주시고 이혼이라는 나쁜 경험 따윈 하지 않도록 이 결혼을 붙잡아 주시옵소서... 또한 이들이 부부됨을 많은 사람 앞에서 알리는 예식을 하오니. 주여 서로 사랑하게 하옵소서. 영원히... 아멘...'

"자리에 앉아주십시오. 다음엔 서로에게 전하는 편지가 있겠습니다." 로렌의 신랑 리차드가 편지를 읽었다. "로렌. 내가 사랑하는 로렌. 너의 밝고 청순한 모습이 좋았고 많은 사람과 나를 배려할 줄 아는 너의 넓고 깊은 마음에 감동하였고 어떠한 상황에서도 웃음을 잃지 않는 네가 너무도 아름다웠으며..." 그리고 로렌이 편지를 읽었다. "리차드. 사랑해요. 너무너무... 내 온 몸과 마음을 다해 아플 때나 괴로울 때나 기쁠 때나 슬플 때나 정말 당신을 사랑하는 마음은 변하지 않을 거예요. 온 세상이 다 변하고 지구가 돌지 않는다 해도 당신을 향한 나의 영원한 사랑은 변치 않을 거예요. 당신은 언제나 나에게 웃음을 선사했고 많은 것을 이해하려고 노력했어요. 사랑해요. 영원히."

남편이 나의 손을 꼭 쥐었다. 나 역시도 같은 마음으로 남편을 사랑한다. 모든 신부의 마음을 아니 누군가를 사랑하는 사람의 마음을 로렌의 글로 대신하여 다시금 일깨워 준 것 같았다.

예식이 모두 끝난 후 마지막으로 자리에서 일어나 축복 속에 걸어 나가는 신랑 신부의 얼굴을 바라보았다. 행복에 가득 찬 표정. 미래에 대한 희망으로 가득 찬 첫 발걸음. 우레와 같은 박수 속으로 그들은 사라졌다. 리셉션 장소로 자리를 옮겼다. 리셉션은 '피바디 호텔' 2층 프라이빗 룸에서 열렸다. 어느새 많은 사람들이 모두 와서 자리를 잡고 있었다. 방금 결혼식을 마쳤는데 이 많은 사람들은 대체 언제 와 있었던 걸까? 어느 민족이든 먹는 일에는 빠른가 보다. 중앙에 위치한 커다란 부케 장식, 웬만한 예식장에선 보기 힘든 게다리가 아닌 랍스터 다리, 칵테일 새우, 갖가지 스테이크, 와인 초콜릿을 덧입힌 딸기, 가지각색의 케이크들... 너무나 잘 차려져진 음식들이었다. 한국에서는 몇 년 전만 해도 결혼식 날 음식으로 국수 아니면 갈비탕 한 그릇에 떡들이 고작이지만 미국은 문화가 다른 만큼 음식 차리는 방식도 먹는 예의도 다른 것 같다. 맛있는 음식들로 배가 가득 채워졌다. 이제 소화를 시켜야지! 밴드까지 초대한 이 리셉션은 정말 거창했다. 보통은 조촐하게 DJ정도를 불러 유행하는 음악을 틀어주고 춤을 추는 정도인데 로렌의 웨딩은 달랐다. 5인조 그룹의 밴드였다. 2명의 싱어와 드럼 기타 베이스의 조화가 잘 어울러 환상의 노래들을 선물했다. 그들은 70년대 음악부터 시작해서 80년대 90년대 그리고 최근의 음악까지 못하는 게 없었다. 넋이 빠지도록 밴드를 바라보고 있는데 갑자기 로렌이 무대 위로 뛰어 올랐다. 그리고 힘차게 엉덩이를 흔들기 시작했고 머리에 썼던 고운 베일을 벗어 손에 들고 춤을 췄다. 그녀의 신랑 리차드도 가세했다. 이 광경을 보던 모든 하객들은 박수를 치며 환호성을 보냈다. 너무나 유쾌한 광경이었다. 이렇게 시간을 흘러 어느새 자정이 넘은 시간. 정말 즐겁고 보람되고 행복한 하루를 보냈다. 나중에 로렌의 엄마 마돈나에게 들은 얘기인데 밤새도록 흥겹게 즐긴 후 호텔에 방을 잡아 잠자리에 들었던 로렌이 자다가 신혼여행을 떠날 비행기를 놓치는 꿈을 꾸는 바람에 깜짝 놀라 서둘러 비행기를 타러 가겠다고 비몽사몽 뛰쳐나왔는데 그만 안에서 방문이 잠겼고 술에 취해 곯아떨어진 신랑은 아무리 문을 두드려도 열어주지 못했단다. 더 재밌는 건 로렌이 잠옷을 입고 있었다는 거다. 복도에서 전화를 찾아 로비로 전화를 걸어서는 방문이 잠겼으니 열어달라는 부탁을 하고 기다리는 동안 엘리베이터 문이 열리는 소리만 나면 몸을 숨겼다가 다시 나오는 걸 몇 번을 했단다. 문을 열어주러 올라왔던 호텔 여자 직원은 로렌을 향해 이런 말을 했다고 한다.

"당신은 잊을 수 없는 사상 최대의 결혼 에피소드를 남긴 사람인 것 같아요. 기억에 영원히 남는 웨딩 데이의 추억이 있다는 건 정말 좋은 일이죠. 신혼여행 잘 다녀오고 영원히 잊지 못할 추억과 함께 행복하세요."

이 첫 번째 웨딩으로 나는 많은 경험을 얻었고 덕분에 경제적으로 남부럽지 않게 성장할 수 있었다. 차곡차곡 부를 쌓아 힘든 역경 끝에 나의 빌딩을 마련했고 떳떳하게 Jae Lee Spa라는 간판을 걸 수 있었다.

오늘도 나는 쉴 새 없이 바쁜 걸음을 옮긴다. 나의 원대한 꿈에 한 치의 오차도 없이 박차를 가하기 위해서. 힘들고 지쳐도 또 도전한다.

American Dream

무작정 GO! 마이웨이

→ 잃어버린 것들을 찾아...

찾았다 내 딸! |
I am a U.S Citizen (나는 미국 시민권자다) |
그녀에게 비친 나는 이방인.

찾았다 내 딸!

"세리야! 어서 일어나 학교에 가야지. 오늘이 바로 너의 졸업식 날이잖아. 어서 준비해. 서둘러!"

부랴부랴 준비를 마치고 졸업식장으로 향했다. 수많은 학생들이 가운을 걸치고 사각모자를 쓰고 저마다 제법 의젓한 모습으로 모여들었다. 내 딸은 어디 있지? 두리번거리며 세리를 찾았다. 긴 머리카락을 내려뜨리고 모자가 어색한 듯 자꾸 손으로 만지작거리는 아시안 여자아이가 보였다. 내 딸이다! 세리도 나를 본 듯 손을 들어 휘휘 인사를 한다. 나도 모르게 눈시울이 뜨거워졌다. 미국에 온 지 겨우 1년 반 밖에 안 됐는데... 장하다 내 딸!

한국을 떠나올 때 우리 세리가 아마 고등학교 3학년이었던가. 1학기를 마치고 2학기가 시작될 무렵 미국에 왔다. 처음 왔을 땐 학교에 입학을 시켜놓고 하루 종일 내가 지켜 앉아있어야 했다. 피부색이

●● 잃어버린 것들을 찾아...

다른 아이들 모두가 낯설기만 한 세리는 내 손을 꼭 붙잡고 하루 종일 학교에 같이 있어달라는 말을 했다. 영어실력이 부족해 말을 알아들을 수 없고 한국에서 배우던 공부와 전혀 다르니 진도를 따라갈 수도 없었다. 이 아이를 어떻게 학교에 적응시켜야 할지 도무지 감이 잡히지 않았다. 밤새 고민한 결과 내일부터는 세리를 학교에 혼자 두고 오기로 했다. 마치 미국에 처음 왔을 때 내 모습을 보는 기분이었다. 모든 게 낯설고 누구 하나 도와주는 이 없어 의지할 데도 없었던. 스스로 문제를 해결해 나가야 한다. 혼자 헤쳐 나가야 한다는 걸 알려줘야 했다.

다음 날 일찌감치 세리를 차에 태워 학교에 바래다주었다.

"세리야. 열심히 잘 견뎌야 해. '의지의 한국인' 알지? 엄마 없이 10년이 넘게 잘 견뎠으니 이깟 하루쯤 아무것도 아니잖아."

용기를 가득 주고 차를 돌려 집으로 돌아왔다. 떨어지지 않는 발걸음을 억지로 돌린 나는 일을 하러 나갈 수도 없었다. 괜히 똥 마려운 강아지처럼 안절부절 집안을 돌아다녔다. 시계를 수십 번 더 보고 전화벨이라도 울릴까 신경을 곤두세웠다. 어느덧 오후 2시가 되어간다. 서둘러 학교에 가서 아이를 데려와야 했다. 날 듯이 차를 몰아 학교 앞에 도착했다. 그렇게 아이가 나오기만을 기다렸다. 5분 후면 학교 종이 울리는 걸 뻔히 아는데도 그 5분이 왜 그리도 긴지… 이윽고 아이들이 우르르 몰려 나왔다. 그 속에서 어딘지 모르게 풀이 죽어 어깨는 축 늘어뜨리고 터벅터벅 걸어 나오는 동양인 여자아이

200

를 보았다. 세리는 나를 발견하고 금방이라도 울 것처럼 울먹거렸다.

"엄마... 도대체 뭐가 뭔지 모르겠어. 남들이 날 보고 웃는 것도 같고. 선생님이 뭐라고 말 하는데 알아들을 수가 없어. 나 학교 다니기 싫어. 한국에 도로 가고 싶어. 괜히 왔어. 이러다가 전교 꼴등 먹겠어..."

난 속으로는 걱정이 한가득 됐지만 절대 내색하지 않았다.

"괜찮아. 다 그렇게 적응하면서 시작하는 거야. 무조건 버티면 돼. 안 그러면 남의 나라에서 살아남을 수 없어. 엄마도 처음엔 그랬어. 아니 너보다 더 힘들었지. 한국에서 대학을 나왔다고는 해도 말도 안 통하고. 대화도 서툴고. 다 똑같이 그런 거야."

집에 도착한 우리는 둘 다 말이 없었다. 나는 집에 있던 아들을 불렀다. "준! 오늘부터 누구도 이 집에서 한국말 쓰면 안 돼. 알았지?" 물론 어릴 때 미국으로 데려 와 이제 11살이 된 아들은 한국말이 서툴렀다. 어쩌다 가끔씩 한 두 마디 한국말을 할 때는 할머니가 영어를 못 알아들을 때였다. 그래도 신신당부해 두었다. 또 남편에게도 도움을 청했다. 물론 남편은 미국인이라 굳이 한국말을 쓸 이유도 없었지만.

세리는 저도 모르게 한국말을 하면 아차, 하고 곧바로 영어로 말을 하기 시작했다.

그리고 여름방학이 찾아왔다. 2달이라는 긴 방학 기간 동안 보충학습을 해가며 학점을 메꿔야 간신히 졸업을 할 수 있는 입장이었다.

201

●● 잃어버린 것들을 찾아...

이미 또래 아이들보다 1년이 늦은 세리인데 더이상 지체할 수는 없었다. 한국에서 아무리 공부를 잘했다고 해도 미국에 오면 으레 한 학년을 낮춰서 입학한다. 세리는 더위를 참아가며 열심히 공부했고 그 덕에 오늘 이 졸업식의 영광과 기쁨을 맞이했다. 이토록 기특하고 장한 내 딸. 속으로 수없이 딸의 이름을 부르며 눈시울이 붉어졌다. 날 물끄러미 바라보던 남편도 나와 같은 생각을 했나보다. 우린 서로 옅은 미소를 지어보이고 박수를 쳤다. 마이크를 통해 "세리 박"이라는 우리 딸 이름이 불렸고 여전히 사각모자가 어색한 듯 손으로 붙잡아가며 단상 위로 올라선 세리는 교장 선생님을 비롯한 학교 선생님들과 악수를 나누며 졸업식을 마쳤다. 학생들 모두가 열을 맞춰 퇴장했다. 딸의 뒷모습을 뚫어져라 쳐다보고는 결국 눈물을 흘렸다. 이 감격의 순간을 누가 이해할 수 있을까. 올림픽에서 금메달 8개를 딴 선수라도 지금 내 딸 세리보다 위대하진 않을 것 같았다. 오, 하나님, 감사합니다... 얼마나 오랜 세월을 저 딸을 찾기 위해 고생하고 기다려왔는데... 감격의 이 날을 허락하신 당신께 감사합니다.

8살 어린 딸을 등 뒤로 한 채 고국을 떠나면서 다짐했던 그 말.

'언젠가 꼭 너를 찾을 거야. 절대로 잊지 않고 꼭 찾으러 올 거야. 그때까지 부디 건강하게 이 못난 엄마를 기다려줘. 하늘이 두 쪽 나고 내 다리가 부러져 걸을 수 없다 해도 널 찾으러 올 거야. 엄마랑 같이 못다 한 얘기를 나누며 오순도순 살 날이 올 거야. 예쁘고 착한 우리 딸. 엄마를 용서하고 꼭 기다려줘.'

수없이 되뇌며 비행기에 올랐다. 눈이 퉁퉁 붓도록 울고 또 울었다. 기내에서 나오는 식사도 마다한 채 18시간이라는 긴 비행을 죄책감과 그리움으로 보냈다. 그랬던 어린 딸이 어느새 훌쩍 커서 미국에서 아니 내 품에서 고등학교를 졸업하다니...

아직도 잊지 못할 또 하나의 추억이 언뜻 스친다. 새벽 4시. 시계 종소리와 함께 서둘러 샤워를 하고 어떤 옷이 예쁘게 보일지, 어떻게 해야 우리 아이가 나를 보고 "엄마는 그때랑 똑같네"라고 할지. 가진 옷을 모두 꺼내 거울에 비춰보고 입어보고 온 방안을 난장판으로 만드는 걸 보다 못한 남편이 "예뻐! 예뻐! 뷰티풀!" 외쳐주고 나서야 애틀랜타를 향해 차를 몰았다. 애틀랜타까지는 7시간정도 걸린다. 속도를 내면 6시간? 미국은 어디를 가던 장시간 운전을 해야 한다. 달려도 달려도 끝이 없다. 비행기 도착 시간은 오후 2시. 남편과 나는 새벽 6시쯤 집을 나섰다. 가는 중간에 화장실도 가야하니 어쩌면 오후 1시나 돼서 도착할 텐데. 만약 비행기가 일찍 도착하면 어떡하지. 낯선 미국 공항에서 아이를 혼자 두게 될까봐 몸이 후끈 달아오를 지경이었다. 혹시 서로가 엇갈리기라도 하면 어쩌지? 언젠가 영화에서 본 장면이 생각났다. 사랑하는 남녀가 몇 날 몇 시에 어디서 만나기로 약속을 했지만 단 5분의 실수로 길이 엇갈려 만나지 못하는 내용이었다. 자식을 데리러 가는 이 중요한 날 왜 하필 그런 내용의 영화가 생각난담. 아냐 그럴 리 없어... 만약 그렇다면 하나님은 없는 거야. 이렇게나 간절히 기다려온 모녀상봉을 하나님이 모르실리 없어. 하나님. 부디 우리 딸을 꼭 만나게 해주세요!

어떻게 변했을까. 어릴 땐 요구르트를 하도 많이 마셔서 앞니가

●● 잃어버린 것들을 찾아...

몽땅 썩어 시커멓게 반쪽씩만 남아있었는데. 머리는 꼬불꼬불 파마를 했었는데. 양쪽 볼은 통통하고 햇볕에 그을린 피부는 까무잡잡했는데. 18살이 된 우리 딸이 어떻게 변했을까.

온통 딸 생각만 하다가 공항에 다다랐다. 심장이 그대로 멈추는 듯 했다. 어느 애인을 만난들 이리 기쁠까. 우선 꽃다발부터 한 아름 안겨줘야지. 아니, 우리 딸은 유난히 인형을 좋아했어. 양배추 인형을 밤새 품에 안고 자다가 인형이 침대 아래로 떨어지자 잠결에 같이 굴러 떨어져서는 침대 밑으로 들어가서도 인형을 안고 잤다. 난 그것도 모르고 밤새 아이가 없어졌다고 소동을 피웠었다. 이 생각이 나 지금 딸 나이는 생각도 하지 않고 곰돌이 인형을 집어 들었다. 그리고 카드도 하나 골랐다. 뭐라고 써야할지 고민했다.

'보고 싶었던 내 딸. 이렇게 만날 수 있게 되다니 정말 고맙고 환영한다. 다시는 헤어지지 말자.'

인형과 꽃다발 그리고 카드를 들고 입국장으로 향했다. 걸어 나오는 사람들 중 혹시라도 딸을 놓칠까봐 눈도 깜빡이지 않았다. 분명히 이 비행기가 맞는데. 기장들이 나오고 승무원들이 나오고. 모든 사람들이 다 나왔는데 우리 딸은 보이지 않았다. 다리에 힘이 풀렸다. 남편을 바라봤다. 어떻게 된 거지? 우리 딸... 하나님, 제 딸을 찾아주세요. 보내주세요.

안절부절 못하는 내 손을 남편은 꼭 쥐고 등을 토닥거렸다. "잇츠 오케이"를 연신 말하는 남편 역시도 나만큼 불안한 눈치였지만 그래도 날 안심시키려고 애쓰는 게 고맙고 안쓰러웠다. 그렇게 1시간 가까이 지나갔다. 마스카라를 짙게 바른 내 눈가는 시커멓게 번져있었다. 어느 때보다 신경 써서 했던 화장은 눈물과 땀으로 모두 얼룩졌다. 꽃다발을 쥔 손은 덜덜 떨려 놓치기 직전이었다. 머리를 쇳덩이로 한 대 얻어맞은 것처럼 멍했다. 분명 나쁜 일이 일어난 거야. 주여... 저를 용서해 주소서... 딸을 보고 죽는다면 이대로 죽어도 소원이 없습니다. 얼굴을 쓰다듬고 싶습니다. 꼭 끌어안고 싶습니다. 주여... 이 어미의 마음을 헤아려주소서. 아멘...

눈물이 끝없이 흘렀다. 바로 그때.

"제이! 유어 도터! 유어 도터! 쉬 저스트 라이크 유! 룩! 룩!!"

나와 똑 닮은 내 딸을 본 마크가 흥분에 차 소리쳤다. 딸의 모습이 어떤지 가물가물해 기억이 나지 않았다. 어떻게 자랐을까 상상만 했었는데 단발머리에 눈가 옆에는 까만 점 하나가 찍혀있는 딸의 모습. 제 몸만 한 가방을 멘 사람이 걷는지 가방이 걷는지 모를 정도였다.

"세리야!"

달려가 와락 끌어안았다. 엉엉 소리 내어 울었다. 모녀상봉. 얼마만인가. 10년. 10년만의 모녀상봉. 그저 목 놓아 엉엉 울었다. 워낙 큰 공항이라 사람들로 바글바글했는데 그 많은 사람들이 우리를 둘러싸고 구경을 했다. 개중엔 박수를 치는 사람도 있었다. 나는 울음을 그칠 수 없었다. 꿈에서도 그릴 정도로 소원이었던 순간. 드디어 세리를 만났다. 하나님 감사합니다. 드디어 제 소원을 이루어주셨어

● ● 잃어버린 것들을 찾아...

요. 찾았습니다. 내 딸. 아주 오랜 잠에서 깨어난 것 같았다. 내 품
안에 세리가 있다. 이젠 지난날의 아픔은 모두 깨끗이 씻을 수 있다.
이 순간을 마지막으로.

I am a U.S Citizen
(나는 미국 시민권자다)

2007년 11월 8일 U.S. District Court

잭슨 테네시...

축하합니다. 당신은 이제 미국 시민권자가 됐습니다.

밤새 잠을 설쳤다. 자고 있는 남편을 가만히 쳐다보았다. 언제 일어나려나... 저렇게 잠이 좋을까? 어떻게 저렇게 잘 잘 수 있을까. 정말 나로선 이해가 가지 않는다. 나는 지금 이 순간 너무 흥분돼 잠이 오질 않는다. 잘 수가 없다. 시계를 보고 또 보고 혹시 시계가 멈춘 건 아닌지 확인해 본다. 침대 머리맡에 놓은 자명종 시계를 들었다 났다 만져보고 쳐다보고 안절부절 못한다.

●● 잃어버린 것들을 찾아...

"제이. 아직 날이 밝으려면 멀었어. 얼른 더 자. 네가 깨어 있다고 아침이 더 빨리 오진 않으니까."

그건 나도 안다. 그런데 이 설렘과 기대감은 날 밤새 뜬눈으로 지새우게 했다. 혹시 깊은 잠에 들면 어쩌나, 자명종 시계가 울리지 않으면 어쩌나, 눈이라도 와서 길이 막히면 어쩌나... 별에 별 걱정이 들었다. 내가 눈을 부릅뜨고 이 밤을 지켜야만 내일이 밝을 것 같았다. 내가 사는 이 곳은 날씨를 통 예측할 수 없다. 멀쩡한 날에도 눈이 펑펑 쏟아져 길이 막힌다. 조금이라도 길이 미끄러우면 학교가 문을 닫고 모든 관공서들이 업무를 보지 않는다. 11월 초입임에도 불구하고 때로는 눈이 내린다.

내일 새벽에 출발해도 늦지 않는다는 남편을 겨우 설득해서 그가 퇴근해 집에 오자마자 간단히 짐을 챙겨 밤늦게 잭슨을 향해 차를 몰고 달려왔다. 집에서 잭슨 테네시 법원까지는 한 시간 남짓한 거리지만 그래도 아침에 출발해서 오기엔 너무 불안했다. 시민권 선서를 해야 하는 법원 가까운 곳에 호텔을 잡고 하룻밤을 묵었다. 호텔에 들어서자마자 피곤한 남편은 곯아떨어졌다.

'따르르릉!'

자명종 시계가 드디어 울렸다. 이제 날이 밝았다. 기다리고 기다리던 그날이 왔다. 서둘러야 하는데 마음이 너무 바빠 뭐부터 해야 할지를 모르겠다. 준비를 마치고 호텔을 나서 법원 룸에 들어섰다. 미국 국기가 유난히 가슴에 와 닿는다. 맨 앞좌석에 마련된 내 자리를 찾아 앉았다. 엄숙하다 못해 묘한 긴장감이 감돈다. 미국 국가가 울려 퍼지고 국기에 대한 경례를 한 후 선서를 시작했다. 그리고 시민권을 받았다. 이까짓 종잇장이 뭐길래... 미국에서 살기 위해 반드시 필요한 이 종이 한 장. 이 한 장을 위해 얼마나 노력을 했던가. 시민권 시험을 보고 인터뷰를 하던 날의 에피소드가 떠올랐다.

　영어가 서툰 한국인들은 상당한 곤욕을 치른다. 일단 연세가 드신 노인분들은 시민권을 가져야만 여러 가지 정당한 혜택을 받을 수 있기에 노령에도 불구하고 시민권 시험과 인터뷰에 도전들을 하신다. 인터뷰 할 문 앞에서 내 차례를 기다리고 있는데 어느 교회의 목사님으로 보이는 분이 "권사님. 엄지손가락 하나만 치켜드세요" 하니까 할머니가 엄지손가락 하나를 척 올리신다. 영어가 안 되는 할머니는 통역사로 따라온 목사님의 얘기에 무조건 순종했다. 나중에 알고 보니 미국에 대해 어떻게 생각하냐는 가장 간단하면서도 어려운 질문에 목사님의 주문에 따라 최고라는 대답으로 엄지손가락을 척 들어 올린 것이었다. 아마도 시험관은 할머니에게서 '아이 라이크 잇!' 같은 정말 간단명료한 대답을 기대했을 것이다. 그런데 그보다 더 간단명료한 대답으로 기쁘게 했으니. 이 대답에 만족한 시험관은 굿! 굿! 하면서 할머니에게 칭찬을 아끼지 않았다. 시험관은 마지막 질문으로 다소 엉뚱하게도 유나이티드 스테이트 오브 아메리카를 영어로 쓸 줄 아냐고 물었다. 할머니는 목사님 쪽으로 고개를 돌리시며 갸우뚱하시고는 무슨 뜻이냐는 제스처를 보였다. 미처 예상하지 못한 질문이었는지 목사님이 바로 대응을 못하자 할머니는 손에 펜을 쥐시고 무언가 종이에 적으셨다.

●● 잃어버린 것들을 찾아...

U.S.A!

짓궂은 시험관은 할머니에게 다시 요구를 했다. 유나이티드 스테이트 오브 아메리카를 적으라고 하지 않았느냐. 할머니가 버럭 소리를 질렀고 나는 웃음을 터트리고 말았다. 그 누구라도 웃음을 참지 못했을 것이다.

"Same Thing!"(쎄임 띵!!!)

그거나 그거나 같다는 말이다. 유나이티드 오브 아메리카를 줄여서 유(점 찍고) 에스(점 찍고) 에이(점 찍고) 라고 쓰니 할머니의 말이 지당하시다. 나는 무심결에 박수를 쳤다. 정말 멋진 의지의 한국인이다. 이 할머니의 머릿속엔 반드시 시민권을 따야 한다는 생각만이 가득했던 거고 그 간절함의 답이 이렇게 무의식을 뚫고 튀어 나왔으리라. 이 대답을 들은 시험관은 명확하게 "유 패스! 콩그래츄레이션!!" 하면서 자리에서 일어나 할머니에게 악수를 청한다. 그리고 포옹까지 아끼지 않았다. 정말 멋진 할머니다. 난 어느새 눈가가 촉촉해졌다. 할머니의 재치와 당당함이 머릿속에 오래 남았다.

지금 시민권을 받아든 내 손에는 작은 떨림이 있고 만감이 교차한다. 드디어 나는 미국 시민권자가 되었다. 어차피 고국을 등지고 미국으로 와 나와 내 자식들이 제대로 대접을 받고 살아가기 위해 꼭 필요한 말 그대로 보험 같은 증서다. 이 증서로 16살 미만의 내 아들인 준이도 자동으로 시민권자가 될 수 있다. 미국 법 상 부모가 시민권자이면 16살 미만의 자식들이 자동으로 시민권자의 자격이 부여된다. 떳떳하게 내 아들을 학교에 보내고 아이가 자라서 어떤 활동을 하던 걸림돌도 없을 것이다.

이 날 받아든 종이 한 장이 원동력이 돼 오늘 우리 아들 준이가 미국의 경찰로 당당하게 지낼 수 있는 거라는 생각이 든다.

물론 해군 중령이자 멤피스 경찰인 남편 마크의 지도가 컸음에도 감사하다.

그녀에게 비친 나는 이방인

따르릉 전화 벨소리와 함께 급히 관공서 밖으로 나왔다. 스파에서 일하는 멜리사에게 온 전화였다. 손님과의 스케줄이 변경되었단다. 전화를 끊고 다시 관공서에 들어갔다. 이곳은 시민권을 따고 바로 시민전자등록을 하는 '소셜 오피스'라는 곳이다. 내가 들어갔을 때 창구마다 해당 번호가 바뀌어있었고 내 번호가 지나갔는지 도무지 알기가 힘들었다. 빈 창구 앞으로 가서 창구 직원에게 내 번호표를 보이며 확인을 부탁했다. 그때 내 뒤에서 들리는 소리.

"왓 어 루드 마이노리티 이즈."

날더러 버릇없는 이방인이란다. 돌아보니 의자에 앉아있던 백인 할머니가 나를 보고 있었다. 아마도 창구 직원에게 번호표 확인을 부탁하는 내가 새치기를 한다고 생각한 것 같다. 내가 영어도 못 알아듣는 무식한 동양 여자라고 판단해 아무렇지도 않게 대놓고 나를 비

웃고 무시한 것이다. 어릴 적부터 유난히 불의를 못 참고 조금이라도 무시하는 말은 듣고 넘기지 못하는 나는 그 할머니를 향해 되물었다.

"익스큐즈 미? 왓 디쥬 세이?"

실례지만 뭐라고 했냐고 하니 영어를 알아듣지 못할 거라 생각했던 그 백인 할머니는 깜짝 놀라 "아이 세이 낫띵!" 이란다. 아무 말도 안 했다고 발뺌을 한다. 나는 더 화가 났다. 내가 들은 말이 있는데? 당신이 나한테 버릇없는 이방인이라고 하는 거 다 들었다, 난 내 번호가 지나갔는지 확인하고 있었을 뿐이고 당신에게 피해를 준 것도 없는데 왜 당신은 이방인 운운하며 내 기분을 상하게 하냐고 또박또박 따져 물었다. 정말 다행이었다. 내가 영어를 할 줄 알아서 이런 부당한 일에 따져 물을 수 있다는 게.

백인 할머니는 끝까지 아니라고 우겼다. 나는 그런 할머니에게 잘못했다고, 미안하다고 말하라고 했다. 그 순간만큼은 사과를 꼭 받아야 했다. 요즘은 심하지 않지만 간혹 몇몇 백인 노인들은 동양계 여자나 흑인을 낮춰 본다. 난 미국에서 정말 열심히 일했고 그들이 내는 세금도 똑같이 내고 있고 정당한 대우를 받을 미국 시민권 증서를 지녔는데. 내 자부심을 짓밟다니. 그것도 적어도 40여 명은 되는 사람들 앞에서. 내가 지금 그냥 넘어간다면 이 할머니는 또 다른 동양계 사람에게 또 무례한 말을 할 것이다. 나는 지치지도 않고 계속 미안하다고 하라고 요구했다. 할머니는 입을 꾹 다문 채 통 말할 생각이 없어 보였다. 우리의 모습을 본 그 안에 있던 사람들이 그제야 상황 파악이 되었는지 경비를 보던 흑인 여자도 다가와 할머니에게 "세이 쏘리" 하라고 얘기했다. 그것도 못 들은 척 앉아있는 할머니. 사람들이 웅성대기 시작했다. 여기저기서 "세이 쏘리" 라는 말이 들려왔다. 마지못한 할머니는 기어들어가는 목소리로 "쏘리" 하고 짧게 내뱉었다. 난 이를 놓칠세라 "당신의 태도가 불손하네요. 그건 미안하다는 사람의 태도가 아니에요" 라고 영어로 쏘아붙였다. 내가 왜 창구에서 번호를 확인해야 했는지, 당신에게 그런 무례한 말을 들을 이유가 전혀 없다고도 설명했다. 그리고 나도 미국 시민권자이며 당신과 똑같이 세금을 내고 지금 이 증서를 들고 시민권자 등록을 하러 온 것이라고도 말했다. 내 자초지종을 다 들은 할머니는 "유 스피크 굿 잉글리쉬!" 라고 비아냥거렸다. 너 영어 잘하네! 라니... 아마 영어도 못하고 새치기하는 동양 사람들을 봐왔겠지만 다 그런 건 아니고 설사 그렇더라도 인종차별이 있어선 안 된다고 확실히 알려줬다. 모여 있던 사람들이 나에게 박수를 보냈다. 일부는 의자에서 일어서서 박수를 치며 "굿 잡! 아이 엠 쏘 프라우드 오브 유! 위 니드 모어 피플 라이크 유!" 라고도 했다. 잘 했어, 자랑스럽다, 우리에겐 너 같은 사람이 많이 필요해.

이건 빙산의 일각에 불과한 에피소드지만 많은 동양 사람들이 미국에서 천대받는 이유는 언어적인 소통이 안 되고 무엇보다 자식들에게 의존해 영어를 배우려는 노력도 없기 때문이다. 로마에 가면 로마의 법을 따르라고 하지 않았던가. 미국에 살려면 언어는 반드시 넘어야 할 또 다른 장벽이다. 이것을 극복해야지만 힘들고 긴 여정을 풀어갈 수 있다. 내 의사를 표현하며 꿈도 펼치며. 그래서 난 내 아이들에게 꼭 대학을 가라고 강하게 권했다. 아이들은 잘 성장해 아들은 미국 경찰, 딸은 애플이라는 회사의 직원이 됐다. 나는 내 빌딩에 내 이름의 간판을 걸고 미국 사람들의 피부를 책임진다. 게다가 '원스톱 웨딩숍'이라는 큰 숍도 운영하며 결혼까지 총망라해 책임지고 있는, 그야말로 아메리칸드림 무작정 GO로 마이웨이를 걸어 성공이라는 대작을 이루어 냈다. 어디에서 누구에게도 당당하게 말할 수 있다.

도전하라! 할 수 있다!

그저 평범하기 그지없던 작은 동양 여자가 이 크나큰 땅덩어리에서 나름의 각오로, 지치지 않는 정신력으로, 쓰러지면 또 일어나고 넘어지면 또 일어나는 오뚝이 정신으로, 오늘의 나를 이루어냈음에 감히 자신감 넘치게 외칠 수 있다.

두려움을 물리쳐라.

한 발자국 전진하라.

큰 꿈을 가져라.

큰 생각을 키워라.

각자만의 방식으로.

또 말이 통해야 제대로 살아남을 수 있다. 힘들고 어려운 이민 생활에서 이것이 나의 또 다른 삶의 모토이자 수단이고 방식이다.

내가 해냈듯 그 누구도 해낼 수 있다.

야망을 가져라!

글을 마치며

성공.

다시금 내 머릿속을 스치는 단어. 과연 그 뜻과 의미는 무엇일까. 내가 원하는 모든 것을 다 해내고 이룬 지금 이 순간, 다시 한 번 이 단어를 떠올려 본다.

내가 성공을 했다. 남들이 그렇게 말한다.

내 형제 자매도 말한다. 풍선껌도 못 불던 내가 남의 나라 땅에서 '미꾸라지 용 됐다'고. 과연 그런가.

글쎄. 잘 모르겠다.

　내가 과연 어떤 삶의 가치를 추구하는지, 성공의 목적을 어디에 두었는지가 더 중요하지 않을까.

　나에게 있어 성공이란 얼마의 재산과 부동산 또는 통장에 있는 거액의 현금 개념이 아니다.

　내가 원하는 삶, 내가 추구하는 가치, 또 내게 주어진 삶에 얼마나 충실하며 살아왔는지가 바로 성공의 의미이다.

　돈.

　돈은 또 나에게 무엇이었을까?

　있으면 편한 존재. 아니 있어서 든든하고 어깨가 으쓱하는 그런 존재?

　아니. 그건 아닌 것 같다.

　없는 가난함 보다는 낫고 있어서 불편하지 않은 그런 존재이다.

　돈을 위해 여태껏 앞만 보고 달려왔을까?

　아니다.

　돈은 없으면 비굴해지고 누군가에게 두 손을 비비고

　또 너무 많으면 흔히 말하는 갑질을 하게 된다.

217

● ● 글을 마치며

    나에게 있어 돈이란 열심히 앞만 보고 달려오다 보니 돈이 내 행군하는 모습을 보고 뒤쫓아왔을 뿐이다.

    돈에 대한 나의 철학은 이렇다.

    없으면 비참하고, 필요할 때 못 쓰면 불편하고, 사고 싶은 걸 못 사면 우울해지는 그런 존재.

    나와 내 자식을 멀리 떨어져있게 만들고 서로를 애타게 그리워하도록 한 존재.

    사랑했던 사람과 나 서로를 돈이라는 저울에 올려놓고 내 쪽이 기운다는 이유로 무작정 힘없이 사랑의 끈을 놓게 만든 존재.

    하지만 어느 정도의 궤도에 오른 나에게 있어 돈이란 그저 먹고 싶은 걸 좀 더 고급스럽게 먹고 만 원짜리 가방 대신 많은 여성들의 로망인 명품가방을 들 수 있다는 차이일 뿐이다. 행복한 소리라 할지 모른다. 적어도 지금의 나는 그렇다.

    난 일확천금을 꿈꾸지 않았다. 아마존의 CEO를 꿈꾸거나 락커펠로와 같은 부의 상징 같은 사람을 꿈꾸지 않았다. 락커펠로의 일화를 보면 그가 다니던 단골 식당 종업원에게 언제나 15센트의 팁만 주었다고 한다. 하루는 잔돈이 5센트밖에 없어서 그것만 내어주니 평소에도 짠 락커펠로의 행동에 불만을 품은 식당 종업원이 볼멘소리를

218

했다. '내가 그만큼 부자면 그까짓 10센트 때문에 이렇게 쩨쩨하게 굴진 않을 것 같은데요.'

락커펠로는 이 말을 듣고 이렇게 대답했다.

'부자인 나도 10센트를 아끼는데 어떻게 부자도 아닌 자네가 10센트를 하찮게 보는가?'

락커펠로는 과연 그 돈을 다 쓰고 행복하게 죽었을까? 아니다. 그는 43세에 이미 백만장자였고 53세에 극도의 긴장된 생활로 건강을 잃었다. 세계 제일의 부호였지만 병이 난 후 일주일 동안의 식비는 고작 2달러도 들지 않았다. 소량의 우유와 2~3조각의 크래커가 의사에게 허락 받은 먹을 수 있는 음식의 전부였다. 1년밖에 살지 못한다는 의사의 진단을 받고 돈이냐 생명이냐의 두 갈래 길에서 한 길을 선택해야만 했다. 그는 돈이 되는 일에는 눈이 빛났고 돈을 벌 수 있다면 그 어떤 힘든 일도 참아낼 수 있었다. 돈을 벌 수 있다는 뉴스를 들을 때 이외에는 웃음을 보인 적이 없고 반대로 손해를 볼 때는 병상에 앓아누웠다. 그 큰돈을 가지고 있으면서 고작 150달러의 손해를 봤다고 생병을 얻었다. 그랬던 그도 결국 생명 앞에선 그저 평범한 인간이었다. 뒤늦게 인생의 아름다움과 행복에 얼마만큼의 돈이 소요되는지를 생각하고 막대한 재산은 다른 이들에게 나눠주기도 했다. 오늘날 페니실린과 같은 질병치료법의 진보엔 그가 공헌한 바도 크다.

이렇듯 돈은 한순간에 자신의 생명을 독에 가두기도 하고 틀 밖으로 나갈 자유를 주기도 한다. 지금 나에게 돈이란 나의 행복을 추구하기 위한 작은 기쁨에 불과하다.

내 나이 60을 바라보고 있는 지금 그래도 인생을 나름 잘 살아왔다고 자부한다.

적당히 베풀 줄도 알고 적당히 쓸 줄도 알면서 여행에 시간과 돈을 적절히 활용할 수 있으며 주변 지인들과 함께 내가 가진 것을 나눌 수 있는 나로 살아왔고 또 그렇게 살고 있음에 다시 한 번 감사한다.

'강물의 흐름에 따라 부드럽고 즐겁게 배를 저어라. 이것이 삶이다'라는 공자의 말이 새삼 의미 있게 느껴진다.

이미 끝나버린 일을 후회하기보다는 하고 싶은 일을 하지 못함을 후회하지 않도록 하라는 탈무드의 한 구절이 생각난다.

앞으로의 내 삶에 성공으로 가는 엘리베이터는 고장일 것이다. 나는 그저 계단을 이용해 한 계단씩 한 계단씩 내 지난 발자취를 더듬으며 목적지가 어디인지만 놓치지 않고 걸어 올라갈 것이다.

순간순간을 후회 없이 잘 살아야 한다.

그리고 그 길을 향해 오늘도 발걸음을 내딛는다.

American Dream
무작정 GO! 마이웨이

1판 1쇄 발행 2020년 2월 3일

지은이 | 제이 리
펴낸이 | 이점동

펴낸곳 | 대우문화사
출판등록 | 제301-2000-116호 (2007년 7월 1일)
주소 | 서울시 중구 마른내로 63-1
전화 | 02-2269-5159
팩스 | 02-2271-3626
메일 | dw2269@hanmail.net

정가 | 13,000원
ISBN | 978-89-951626-8-2(03810)